CB033433

O BAÚ DO TIO QUIM

LUIZ ANTONIO AGUIAR
ILUSTRAÇÕES CASA REX

BIRUTA
SÃO PAULO, 2011

TÍTULO **O BAÚ DO TIO QUIM**

PROJETO GRÁFICO **CASA REX**
REVISÃO **ELISA ZANETTI E NATHÁLIA DIMAMBRO**
COORDENAÇÃO EDITORIAL **ELISA ZANETTI (EDITORA BIRUTA)**

1ª EDIÇÃO - 2011

DADOS INTERNACIONAIS DE CATALOGAÇÃO NA PUBLICAÇÃO (CIP)
(CÂMARA BRASILEIRA DO LIVRO, SP, BRASIL)

AGUIAR, LUIZ ANTONIO
O BAÚ DO TIO QUIM / LUIZ ANTONIO AGUIAR.
ILUSTRAÇÕES DE CASA REX. -- SÃO PAULO : BIRUTA, 2011.

ISBN 978-85-7848-083-7

I. LITERATURA INFANTOJUVENIL I. CASA REX.
II. TÍTULO.

11-09171 CDD-028.5

ÍNDICES PARA CATÁLOGO SISTEMÁTICO:
1. LITERATURA INFANTOJUVENIL 028.5
2. LITERATURA JUVENIL 028.5

EDIÇÃO EM CONFORMIDADE COM O ACORDO
ORTOGRÁFICO DA LÍNGUA PORTUGUESA.

RUA CORONEL JOSÉ EUZÉBIO, 95 - VILA CASA 100-5
HIGIENÓPOLIS - CEP 01239-030
SÃO PAULO - SP - BRASIL
TEL: 11 3081-5739 FAX: 11 3081-5741
e-mail: BIRUTA@EDITORABIRUTA.COM.BR
site: WWW.EDITORABIRUTA.COM.BR

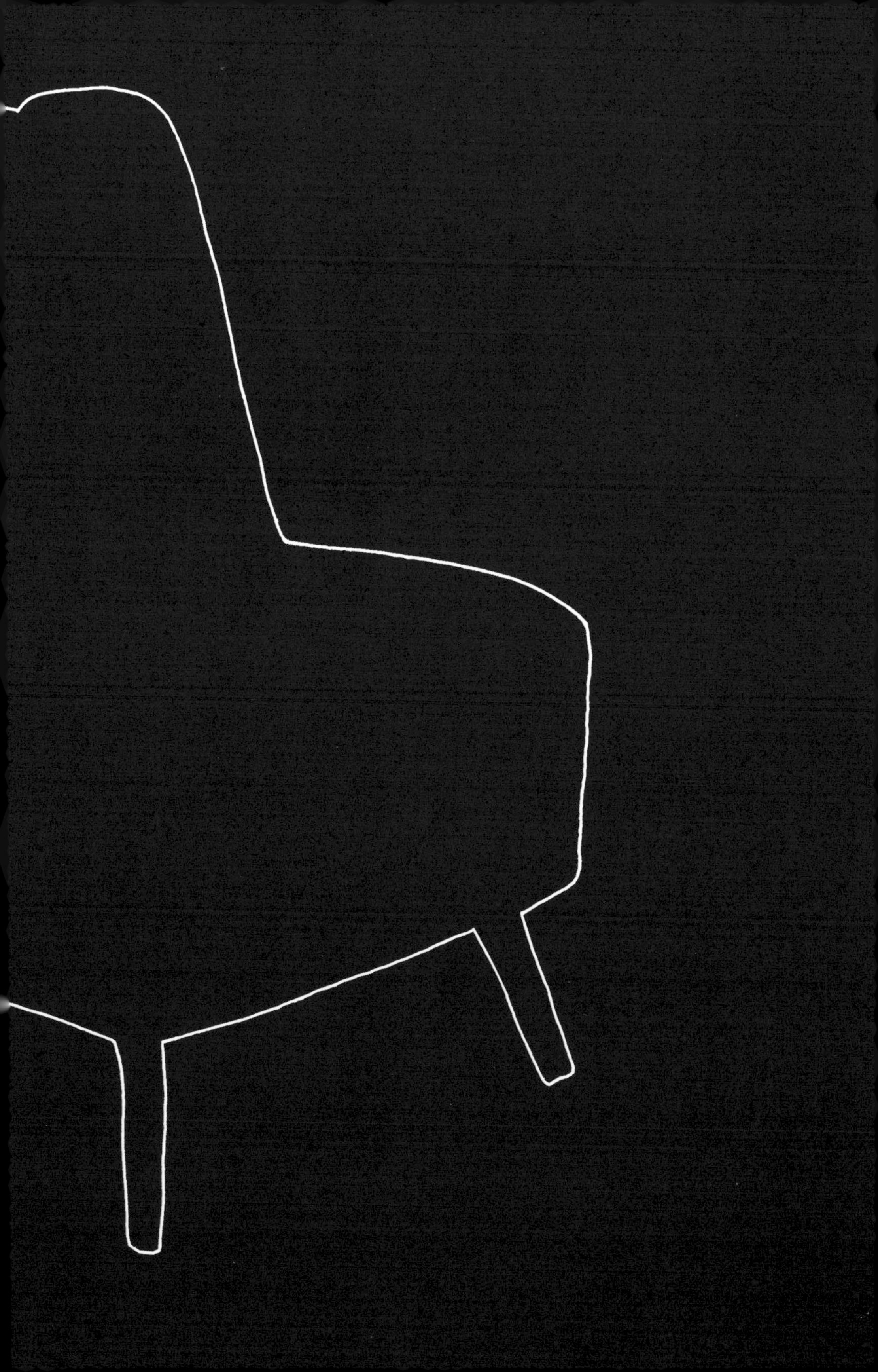

PARA MINHA MÃE: C/PD
E SD : LUIZ ANTONIO

UM

QUANDO O BAÚ DO TIO QUIM CHEGOU, CAUSOU um bocado de assombro na família. Veio com um bilhete, escrito à mão, dirigido ao pai de Dedá...

Leandro,
Pode guardar este baú para mim?
Qualquer hora eu passo para pegar.
Um abraço,
Quim

Leandro imediatamente reconheceu a caligrafia. Ficou pálido, uma expressão no rosto como se estivesse estranhamente ausente de tudo em volta. Ao mesmo tempo, seus dedos seguravam o papel do bilhete com tanta força que as pontas ficaram esbranquiçadas. Dadas as circunstâncias, era particularmente impressionante a frase: "Qualquer hora eu passo para pegar"...

— Sendo do Quim, tudo é possível — sentenciou Leandro, quase num sussurro.

— Mas, Leandro... Minha nossa! — gaguejou Teresa, a mãe de Dedá, olhos arregalados, cravados no marido, e no mesmo tom de voz (é que estavam com o baú logo ali na frente deles e já então não queriam arriscar serem ouvidos... por uma coisa... fosse lá o que fosse...) — Seu irmão está... está... está...

Leandro piscou os olhos, como se despertasse. Emitiu um suspiro breve, os olhos vagando em torno de si:

— Nunca acharam o corpo.

— Leandro, pelo amor de Deus!... Foi há dezesseis anos. Você não acha que...? Ora! Pensa direito. Pelo recibo da empresa de entregas, esse baú esteve perdido e rodou meio mundo antes de chegar aqui. É por isso que demorou tanto. Quer dizer, ele o despachou antes... do acidente.

Leandro fitava a esposa como se não fosse capaz de compreender o que ela dizia, ou como se seu olhar batesse na sua mulher e retornasse em ricochete para ele, sem que ele a identificasse. Teresa começou a ficar impaciente. Nunca vira o marido daquele jeito e não estava gostando. Teve ganas de sacudi-lo, para ver se o acordava de vez:

— Além do mais, o corpo, Leandro... Lembra o que disseram do mar naquele fim de mundo?... "viveiro de tubarões"...?

— Hurmp! — O grunhido de Leandro veio do fundo do seu estômago, e Teresa era capaz de jurar que subiu junto com uma golfada de azia, das que tanto atormentavam o marido... justamente desde a época em que haviam recebido a notícia da morte de Quim... e de qual teria sido seu mais provável fim.

Nem por isso Quim — *Francisco, Francisquinho, Quim...* o irmão seis anos mais novo que o Leandro — deixava de ser constantemente mencionado naquela casa. E tanto que Dedá, que jamais o vira pessoalmente, às vezes falava como se pudesse *lembrar-se* dele, e tinha certeza de que já sonhara algumas vezes com Tio Quim. Até Teresa, que já conhecera Leandro depois que Quim partira, citava-o, orgulhosa — afinal, nem toda família possuía um parente que era uma lenda, e isso dito por alguns amigos e velhos conhecidos, que sempre o recordavam. Quim e as últimas notícias que se tinham dele eram assunto das rodas de conversa depois dos almoços de finais de semana, das reuniões de aniversário e datas importantes.

Já o irmão de Dedá, Leandro Filho, se agora não ligava muito para isso, nem para o onipresente baú (talvez porque a faculdade e outras dúvidas cruciais da vida o estivessem perturbando), quando menino sentava-se diante do pai e lhe pedia que contasse as aventuras de Tio Quim. O pai abria um de seus raros sorrisos — de comovida felicidade —, ajeitava-se na sua poltrona e iniciava alguma das histórias que lera nas cartas do irmão.

Dedá jurava que o pai sabia de cor todas as tais cartas.

As aventuras preferidas de Leandro Filho eram com Quim viajando para o mais remoto e incompreensível Oriente, como clandestino num navio, cujos tripulantes, ou parte deles, eram adoradores de uma deusa antiga, faminta por sacrifícios humanos... E sobre como Quim virara um caçador de feiticeiros e feiticeiras, demônios que talvez jamais tivessem sido criaturas humanas e que o tio perseguia, em expedições aos recantos mais hostis e secretos do planeta.

O baú, provavelmente bastante antigo, era feito de madeira rija, castanho-amarelada, tinha três palmos de altura, três de frente e dois de fundo, e uma fechadura em forma de cabeça de touro. A boca seria o buraco da chave e a peça, especialmente bizarra, era feita de osso (de que bicho seria?... Ou não seria de bicho?) emoldurada em cobre. O baú exalava um cheiro que

Leandro dizia ser de *sândalo*, e Dedá, de *mofo* mesmo. Não era grande o bastante para tornar inviável se achar um canto para encostá-lo, nem pequeno o suficiente para passar despercebido. Já como fora parar no quarto de Dedá, e dali parecia que não sairia mais, isso aparentemente *aconteceu*... talvez por efeitos do bilhete... ou porque naquela família era assim, nada era especificamente *decidido*; tudo *acontecia*.

Os entregadores chegaram numa tarde de sábado com o baú, na porta do apartamento. Aconteceu então que os dois sujeitos que o vinham trazendo, depois de terem tentado receber alguma instrução clara sobre onde deixá-lo, ficaram assistindo a um quebra-pau entre o pessoal da família, todos discordando de todos sobre o que fazer com o baú, como se tivessem esquecido que os entregadores estavam ali, parados na porta. O espetáculo já durava arrastados vinte minutos quando, ao se virarem, os habitantes da casa descobriram que os entregadores haviam desistido da espera, tinham largado o baú ali mesmo onde estavam e ido embora.

Onde eles estavam era a saleta de entrada do apartamento, e *aconteceu* de o baú ficar ali mais de uma semana até alguém, nunca se soube direito quem (provavelmente Leandro Filho), cansado de dar topadas nele ao entrar e sair de casa (estava bloqueando parcialmente a porta social), tê-lo movido para outro canto, e dali aparecer noutro canto, e depois noutro canto... até que *aconteceu* de o baú ir parar no quarto de Dedá.

Tendo assim saído de vista, e porque alguém (provavelmente Teresa) prometeu a Dedá que o arranjo era provisório, e porque Dedá na época não sabia ainda o significado da palavra *provisório* (naquela família), aconteceu que o baú foi ficando no quarto da garota — a qual, hoje ela reconhecia, demorou muito para começar a reclamar.

Isso fazia pouco mais de dois anos. Nunca ninguém abriu o baú.

Em certa altura, Dedá começou a cismar que ele era mal-assombrado, que havia *um troço*, dentro dele, e que todas as coisas preciosas que viviam sumindo no seu quarto (grampeador em forma de bundinha de neném, prendedores de cabelo roxos-bruxa, caixa de *clips* dourados, uma caneta que fazia rastro de cometa, uma bolsinha vermelha, marcador de livro em forma de arara — coisas que ela comprava por ver na vitrina e pensar: "isso aí foi feito para *mim*") eram inapelavelmente tragadas pelo baú do Tio Quim.

DOIS

TALVEZ A CISMA TENHA COMEÇADO NUM desses sonhos com Tio Quim, que eram sempre repletos de sustos e imagens estranhas, de labirintos escuros, pelos quais a garota corria, em desespero, sem conseguir encontrar a saída, com a certeza de que havia um monstro faminto no seu encalço.

Então, foi de um sonho desses que Dedá acordou, naquele meio da madrugada que muitos escritores chamam de "as horas mortas da noite", e algo, irresistivelmente, no baú, lhe chamou a atenção.

Um pressentimento. Como se não estivesse sozinha no quarto. Como se ali, de dentro do baú, o tal *troço* a estivesse vigiando, enquanto ela sonhava. E agora que o sonho fora interrompido, o dito troço mantinha-se fixado nela. Obcecado por ela. Querendo-a em silêncio, imóvel, só olhos.

Olhos que atravessavam a madeira do baú e tudo o mais, e chegavam até bem junto dela, quase roçando seu rosto.

— Sai! — gritou Dedá, naquela madrugada, um grito abafado, agitando os braços como se afugentasse um morcego que estivesse bem ali, revoando junto do seu nariz.

Dedá acendeu a luz do abajur sobre a mesinha ao lado da sua cama. Se havia algo batendo asas naquele quarto, voltou para dentro do baú, sumiu, sem que ela o visse. Mesmo assim, Dedá só adormeceu de novo porque foi vencida pelo sono.

Daí, começou...

Tinha vezes que ela acordava de manhã e a primeira coisa que fazia, mesmo a contragosto, mesmo se esforçando para não fazer, era se virar para o baú, como se para ver se ele havia se movido durante a noite.

E quando estava no quarto, esquecida da vida, e de repente tinha a impressão de que sussurravam algo no seu ouvido, chamando-a?

Volta e meia, era a mesma discussão com a mãe:

— Ninguém perguntou nada pra mim. Foram logo despejando aquela coisa do defunto no meu quarto.

— Não fale assim, Dedá. Seu pai, se escuta, vai ficar magoado! Ele adorava o Quim.

— Já sei, já sei...! Mas e eu com isso?! Por que no *meu* quarto?

— Era o único lugar da casa onde tinha espaço, Dedá.

A alegação era velha conhecida da garota...

— Lá não tem espaço coisa nenhuma. Aquele espaço é onde vai ficar o computador que vocês *vão* comprar pra mim.

— Mas, *provisoriamente*, enquanto o computador não chega... Deixa, Dedá. Fica o baú ali naquele canto. Coube direitinho...!

Esse *coube direitinho* se referia a uma reentrância entre uma parede do quarto e uma coluna do prédio. E de fato o baú encaixava perfeitamente ali. Essa conveniência, entretanto, foi toda a razão de Dedá ter aprendido o que era um *calafrio*. Na prática. De experiência própria. E logo na primeira vez que escutou sua mãe dizer aquilo. Essa história do *coube direitinho* sugeria a Dedá um espaço reservado, desde que o prédio e, consequentemente, o apartamento e o quarto que seria seu foram construídos, aguardando a chegada do baú. E que o baú tinha atravessado mares e continentes só para chegar até ela. Ao quarto *dela*.

Até hoje, quando a mãe dizia esse *coube direitinho*, tão candidamente, Dedá sentia aquela agourenta sensação, como se um dedo de gelo, com unha comprida, pontuda, pintada de vermelho-sangue, percorresse a sua espinha.

— Eu quero que tirem aquela coisa de lá. Já!

Teresa suspirava, e na verdade a exigência da filha ficava pairando no ar até evaporar-se. Ninguém punha a mão no baú. Incluindo aí a própria Dedá. Ela queria e ao mesmo tempo não queria que alguma coisa fosse feita. O caso é que ninguém é criado impunemente numa família em que a estrela principal é um caçador de feiticeiras que morrera num mar de tubarões, depois (ou terá sido *logo antes*?) de mandar uma lembrancinha para os seus entes queridos lá do outro lado do mundo (se não tiver sido do *outro* mundo).

As histórias sobre o Tio Quim incluíam salvamento de espíritos aprisionados por necromantes, batalhas contra mortos-vivos, fantasmas e danações de todos os tipos. E se alguns desses coadjuvantes das aventuras dele estivessem guardados (ou encarcerados) no baú que Tio Quim tão lindamente passara ao irmão? E se ela chutasse o baú para fora do seu quarto e os seus moradores, tão especiais, viessem cobrar dela, no meio da noite, a falta de hospitalidade?

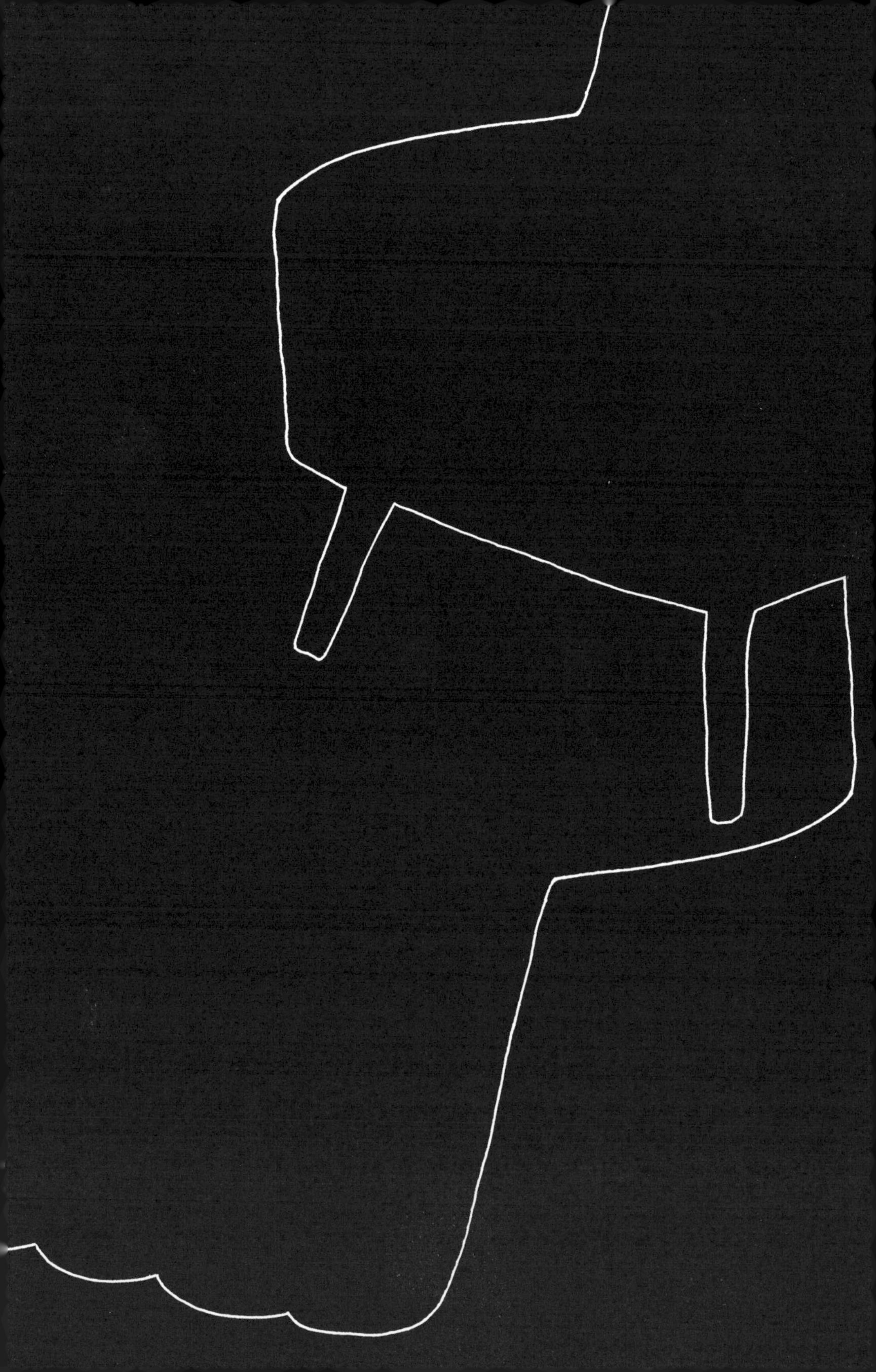

Seria loucura dela somente ela pensar nessas coisas? Então, por que nunca ninguém abrira o tal baú? Não seria natural? Dois anos naquela casa, sendo empurrado de um para o outro, e ninguém ia ver se ele continha alguma coisa que fizesse valer a pena tanta briga?

(Leandro Filho tinha uma tese sobre isso: a família gostava mesmo era das brigas, e não iria desfazer uma justificativa para elas tão oportuna e fértil quanto o baú do Tio Quim... E se ultimamente o cara perdera o gosto por esses caprichos da convivência familiar, nem por isso dava atenção aos pedidos de ajuda de Dedá para se livrar do baú, nem se apresentava para abri-lo, já que andava se considerando totalmente fora da piração doméstica...)

"Quem ele pensa que é?", pensava indignada Dedá. "Tudo pose. O *Dando* também não se mete a besta com o defunto!". E concluía, com coração doído: "Mas ele fica agindo como se não tivesse nada a ver com o problema... com o *meu* problema! Puxa, Dando, você me abandonou, hem?..."

— E cadê a chave dessa porcaria? — reclamou Dedá, certa vez, arriscando uma decisão...

— Não sei... — disse Teresa. — Veio com o baú, mas não lembro onde pus. Vou ver se acho, mas... Aliás, nem sei se o baú está trancado.

— Você... nunca... tentou abrir?

— Ora, minha filha! — disse Teresa. — O baú é do seu tio, lembra?

— Mas ele está morto! Naufragado, afogado, papado por tubarões... Como você pode achar que ele ainda seja dono de alguma coisa cá deste mundo?

— Bem, se você quer mesmo... acho que seu pai não vai se importar se *você* abrir o baú... Ou pode nem dizer nada para ele... vai ver é o melhor, sabia, Dedá? Abra escondido. Com seu

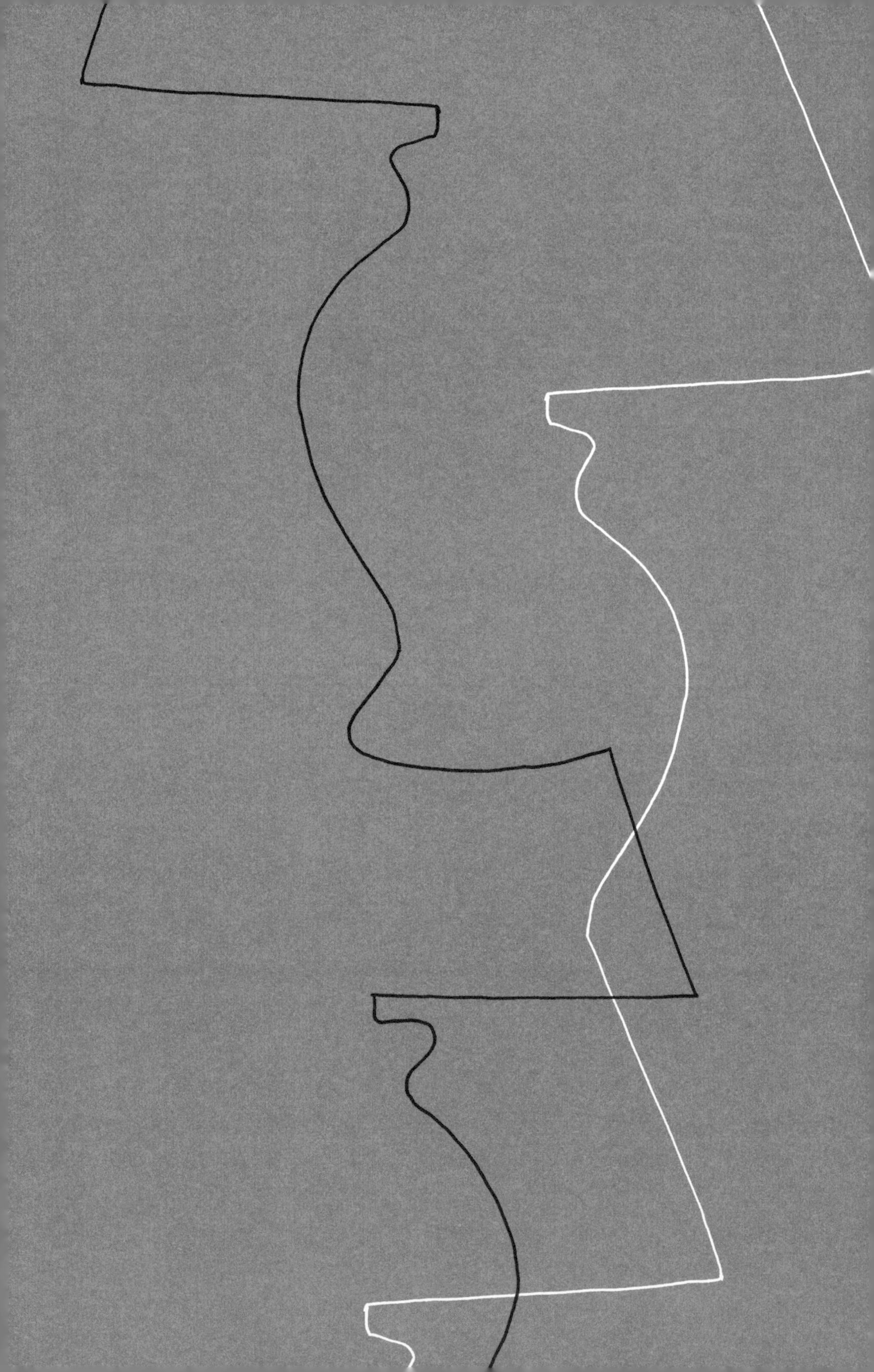

pai, ou a gente consegue as coisas pegando ele no susto ou na base do "puxa, isso já está assim faz tempo, você jura que não reparou?... que distraído, você é, Leandro"... — Dona Teresa soltou uma risadinha consigo mesma, como se tivesse esquecido que havia ali uma testemunha para a confissão de suas táticas conjugais. Depois, remendou-se e disse: — Quer dizer, é melhor abrir com a chave. Mas, antes tenho de achar a danada. Ou melhor, achar não, que não está perdida. Está... em algum lugar. Guardada. Prometo procurar hoje mesmo. Daqui a pouco.

Ficou nisso.

E então veio a cisma. Alguma coisa *disse* à garota que todas as suas coisas, todos os seus tesouros abduzidos, tinham ido parar dentro do baú. O baú do Tio Quim era o buraco negro. Era uma das entradas do inferno, guardada pelo cão de três cabeças (que podia muito bem ser um dos inquilinos do baú). Era a passagem entre as dimensões. Ali do seu canto, aquela coisa um dia se abriria, como nos mitos do final dos tempos, e engoliria de volta para suas entranhas o universo inteiro — e, claro, a primeira a ser sugada seria a própria Dedá.

Talvez durante o sono.

Sem ela acordar, a não ser quando já estivesse *lá*.

Daí que chegou a vez da correntinha de ouro, aquela de prender no tornozelo, que Dedá tinha ganhado de Dando, num dos *Dias dos Irmãos*, quando ainda havia *Dia dos Irmãos*. A correntinha era a coisa mais preciosa que ela tinha no mundo, não somente porque era a única joia que tinha, mas porque lhe dava sorte, era seu bem mais seu e o que mais tinha sua cara. Tinha nela um coração, também de ouro, pendurado. Era seu amuleto de toda a vida, ela não podia perdê-la, ou... ou... algo medonho iria acontecer. Ou algo muito, muito bom ia deixar de acontecer.

Numa tarde, ela olhou a correntinha e a achou meio sem brilho. "Vai ver é de tanto sal e maresia", pensou. E como justamente estava de saída para jogar vôlei na praia, pela primeira vez a tirou, pensando até em mandar para um ourives, para limpar, e a deixara no porta-joias em cima de sua cômoda.

Foi a oportunidade que o baú tanto esperava.

Quando Dedá voltou, abriu o porta-joias, sem nem cuidar de olhar, tão certa de que a correntinha estava ali que foi pegando, pegando... Mas os seus dedos não pegaram nada.

Não pôde acreditar. Imediatamente, seus olhos se umedeceram. Mas, no instante seguinte, deu foi raiva, e ela partiu para cima do baú, chutando, socando, xingando...

Dedá saiu do quarto berrando que dessa vez chegava, que ia pegar uma chave de fenda, um martelo, o escambau e arrombar a porcaria do baú, mas...

...No que voltou, já vinte graus mais calma (afinal, levava tempo achar ferramentas na bagunça que era a gaveta de ferramentas do pai — e na verdade só encontrou a chave de fenda, e por acaso, mas não na gaveta e, sim, no banheiro, largada junto ao vaso sanitário, desafiando qualquer um a decifrar o enigma de estar ali —, estava achando que não devia abrir aquela tampa, ela a sós com o baú, ali no quarto. E já que a maluquice da família não tinha cura, a dela incluída, resolveu pedir ajuda externa.

E tinha de ser uma ajuda especializada.

TRÊS

ESTELA ERA A IRMÃ MAIS NOVA DA MÃE DE Dedá. Mais nova quase mais de uma década, a mesma diferença que havia entre Leandro Filho e Dedá, além dos bons aninhos que havia entre a garota e sua irmã caçula, a Quica, de seis anos. Dedá sempre se dera bem com ela, achava-a toda moderninha, culta, *sexy*, gatíssima, até meio sem-vergonha... Só que o que mais importava a Dedá, no caso, era que Estela tinha medo de fantasmas.

Foi na semana em que a Quica nasceu. A neném teve um problema no parto e Teresa precisou passar algumas noites a mais no hospital. Leandro ficou em casa, e Estela arrematou Dedá.

O apartamento de Estela era pequeno e jeitoso; dois quartos: o dela, sempre cheirando a incenso ou essências, com um armário que cobria uma parede inteira, seis portas com espelho por dentro, e o outro, uma biblioteca e escritório — além de uma sala toda decorada com enfeites delicados. Dedá foi dormir no quarto com a tia, e reparou que Estela estava checando pela quarta vez as portas do tal armário...

— Já estão fechadas, tia! —, avisou, estranhando.

— Mas... só para garantir, né?

E, mesmo rindo sem graça, ela não resistiu e experimentou as portas mais uma vez.

Dedá poderia até esquecer a cena, se não fosse o que aconteceu na noite seguinte. Estavam assistindo à tevê, quando escutaram um rangido... Ora, o pai de Dedá sempre falava que porta de armário empenada abre sozinha mesmo; daí, a garota nem sequer se assustou. Mas a tia, no que a porta soltou um *crééééc* e começou a se abrir, deu um pulo da cama e seu rosto ficou branco feito lençol voador. Ao lado dela, mesmo separada por uns centímetros, dava para Dedá escutar a pulsação no peito da tia, cada vez mais acelerada.

Dedá desceu da cama e foi fechar a porta do armário. A tia lhe lançou um olhar agradecido.

— E quando não tem ninguém aqui para fechar a porta para você, tia?

— Ah... de manhã eu fecho! —, Estela respondeu, tentando disfarçar.

— Mas, e até ficar de manhã...?

— Bem, daí...

Talvez, se tivesse soltado um indisfarçável *pum*, ali na hora, não fosse ficar tão desconcertada. Mas acabou confessando que já dormira de luz acesa no quarto muitas vezes. Quer dizer, dormira com um olho só, e o outro pregado no que pudesse sair do armário.

— *O fantasma do fundo do armário...* —, lembrou Dedá. — Mamãe já contou essa história pra mim.

— É... Foi ela que me contou também, quando eu era pequena. Desde daí...

Estela deu de ombros: *fazer o quê?* E devia estar achando que havia finalmente conseguido convencer a sobrinha de que ela era maluca. Mas Dedá riu, como se prometesse que nunca iria contar para ninguém. (Principalmente para Teresa.) Estela entendeu o acordo, e foi assim que ficaram amigas de vez. Ainda mais porque Dedá ofereceu...

— Quer dormir de mão dada, tia?

Ela sorriu, mas deu a mão, sim, e Dedá subiu de novo para o lado dela, na cama. Ficaram abraçadas até o final do filme. Estela pegou no sono antes de acabar. Então, a garota puxou um lençol sobre ela, apagou a luz do abajur de cabeceira e adormeceu.

Daí, Dedá teve a ideia de recorrer a ela. Estela era uma aliada infiltrada no mundo de gente mais velha. Não iria debochar da sobrinha — afinal, as duas tinham problemas semelhantes.

Mesmo assim, Dedá começou a conversa com alguns cuidados...

— Tia, lembra aquelas noites que eu dormi na sua casa?

— Mas claro que me lembro, Dedá. Quer repetir, agora mais garotona? Ia ser ótimo. A gente primeiro ia bater perna num *shopping*, depois jantava num lugar legal, que nem Clube da Luluzinha...

— Clube de quem? —, estranhou a garota.

— Ora... Era uma revistinha em quadrinhos que eu adorava. Você nunca leu?

— Eu, não. Ainda existe?

— Bem... —, escapou Estela de fininho. — Quando é que você quer dormir lá em casa?

— Eu não quero.

— Não?

— Quero saber é se você ainda tem medo do fantasma do fundo do armário.

— Eu?

Dedá ficou irritada com a entonação da voz de Estela. Será que se enganara sobre a tia? Ela ia ter a cara de pau de negar tudo, de dizer que fora imaginação da garota, que ela, Estela, estava de brincadeira, que jamais ia ter medo de uma besteira dessas, que Dedá é que era muito criança na época e misturara as coisas, ou...

Mas em vez disso, Estela checou um lado e outro da sala (estavam num almoço de domingo e, no meio da zona habitual da casa, ninguém prestaria mesmo atenção nelas nem no que conversavam), então confessou, cochichando:

— De vez em quando, ainda durmo de luz acesa... Mas só de vez em quando! Eu melhorei muito... — Estela corou, e engasgou um pouco antes de prosseguir — Mas... Por que você está me perguntando? Não vai dizer que você... o viu... Viu?

Bem, para alegria de Dedá, Estela continuava acreditando em coisas de outros mundos e isso a tornava ideal para ser sua cúmplice. Assim, tomou coragem e lhe contou toda a história do baú do Tio Quim. Quando terminou, ficaram ambas olhando uma para a cara da outra, pensando no que deviam fazer, se é que tinha alguma coisa que se pudesse fazer, naquela situação.

Finalmente, Estela pediu para ver o baú. Foram lá as duas, fingindo estar ainda no maior papo, para deixar a sala sem ninguém perceber. No corredor, deram uma disparada e se trancaram no quarto de Dedá. A garota nem precisou apontar o baú do Tio Quim. Era como se a coisa mandasse uma vibração, indicando onde estava. Estela, no que entrou, já se virou para o canto fatídico e cravou os olhos no peste... E Dedá não gostou nada da expressão que tomou o rosto dela.

— Uau... —, Estela exclamou, e deu dois passos em direção ao baú, pondo a mão na tampa, como se fosse erguê-la.

Dedá ficou congelada. Queria e não queria que ela abrisse. Fechou os olhos para não ver, mas abriu um para não perder a cena, e logo depois arregalava os dois e escancarava a boca, espantada...

Mas a tampa continuava lá, imóvel... Estela foi retirando a mão devagar, como se tivesse lhe dado uma comichão qualquer, na hora em que tocou na superfície de madeira.

— É... —, ela suspirou.

— É o que?

— É... estranho. Muito estranho.

Daí, ela girou na ponta dos pés, e voltaram para a sala. Só na despedida, Estela cochichou:

— Venho pegar você depois de amanhã, às seis. Você já vai ter voltado do colégio a essa hora, não vai?

— Vou, sim, mas me pegar para levar aonde?

— Na hora, eu conto... —, ela disse, e foi embora.

QUATRO

DEDÁ RECEBEU CERTA VEZ UMA LIÇÃO DO que era casamento. Ou, pelo menos, um casamento que, só de pensar, quando parava, olhando coisa nenhuma, a fazia sentir uma dor sem lugar, uma dor de não saber se estava nela viver um casamento (ou um amor) assim.

Seu pai tinha mania de levar uma cumbuquinha de água para o quarto toda noite em que ele e Teresa dormiam com o aparelho de ar-condicionado ligado.

— É para não deixar ressecar —, dizia. — Ar-condicionado suga toda a umidade do ambiente. Faz mal para a pele e para os pulmões.

Leandro vivia reclamando de deboches que a mãe de Dedá dirigia à tal cumbuquinha de água. Queixava-se de que, mesmo diante de suas argumentações tão cheias de bases "científicas", Teresa fuzilava: "Besteira!".

Numa tarde, uma amiga veio visitá-los e, entrando no

quarto do casal, reparou na cumbuquinha com água. Tinha sido esquecida ali, sobre um banco que, na casa e no mundo, colocado logo abaixo do aparelho de ar-condicionado, tinha como missão servir de pedestal à cumbuquinha. Teresa, assim como desconfiava das propriedades preventivas da cumbuquinha, recusava-se a se dar ao trabalho de retirá-la, se o marido não o fizesse.

A amiga, confiada na intimidade que tinha com a família, manifestou sua estranheza num tom que tanto podia ser de imaginar estar ali algo vizinho da feitiçaria quanto debochar de uma esquisitice cujo autor, apostava, não era Teresa, em quem, obviamente, buscava cumplicidade. No impulso, tivera como certo que ela a acompanharia... contra os maridos, contra a tolice dos homens.

— Mas que coisa é essa? —, apontou.

E Teresa, convicta, respondeu no ato:

— É para umedecer o ar. Leandro leu numa revista uma matéria falando dos perigos dos aparelhos de ar-condicionado. Ressecam a pele e os pulmões. Envelhecimento acelerado, dificuldades de respiração... E tudo isso se evita com essa cumbuquinha de água. Mas... você jura que não sabia?

Na hora em que presenciou esta cena, Dedá ficou de boca aberta.

CINCO

COMO COMBINADO, ESTELA APARECEU PARA pegar Dedá. Para a mãe da garota, disseram que iam ao cinema e, depois, jantar juntas.

Só que, no carro, a vontade de Dedá era mandar a tia parar e levá-la de volta para casa.

— Acho que estou fazendo uma burrada —, reclamou Dedá.

— Você quer saber se seu medo tem alguma razão de ser, ou não? —, Estela tentou convencê-la.

— Olha quem fala.

— Meu caso é diferente... neurose de infância. Não quero que minha sobrinha cresça igual a mim, certo?

— E como é que uma apavorada como você vai se meter numa coisa dessas?

Estela tinha lhe contado pelo telefone — exigência de Dedá — aonde pretendia levá-la.

— Não acredito que você marcou mesmo uma consulta com um... um sujeito que conversa com gente defunta.

— Ele tem uma sensibilidade diferente da nossa —, Tia Estela corrigiu. — Sintonizada... em outra frequência. É mais ou menos isso, tá? Mas, só pra você ver que não tem motivo nenhum para ter medo, pensa... se tivesse, eu é que não ia lá, concorda?

— Hum.

— Ele me ajudou muito, sabe? Diminuiu esses meus medos e... Ora, ele é meu amigo, Dedá, e... Bem, medo eu ainda tenho, mas é defeito de fabricação, não tem jeito. Só que ele não é um desses charlatões que ficam estrebuchando, falando com voz rouca, nem fazendo efeitos especiais acontecerem na sala, para convencer de que tem alguma coisa invisível ali com a gente. É coisa séria... Eu sinto uma paz depois que saio de lá, uma leveza...

— Na carteira!

— Não, você está enganada. Ele não cobra nada de quem ajuda. Ele... é um professor de física, sabia? Com livros publicados no exterior...

— E como ele junta as coisas... quer dizer... comunicação pr'além mundo e Teoria da Relatividade?

— Não junta. Já me confessou que nem ele entende direito o que acontece. Que não é desses que fazem experiências com parapsicologia, nem pratica religião nenhuma. Mas, já que acontece, usa isso para ajudar quem precisa. E acho que o Tobias *pode* ajudar você. Vale a pena tentar, né?

Dedá não tinha saliva na boca nem sequer para conseguir engolir em seco. Novamente, queria e não queria ir ver o tal sujeito... Tinha uma coisa lhe dizendo que, se era para resolver seu medo, mais fácil era abrir o baú de vez... E outra coisa ainda avisando que ia é arranjar encrenca maior ainda, vendo o tal cara.

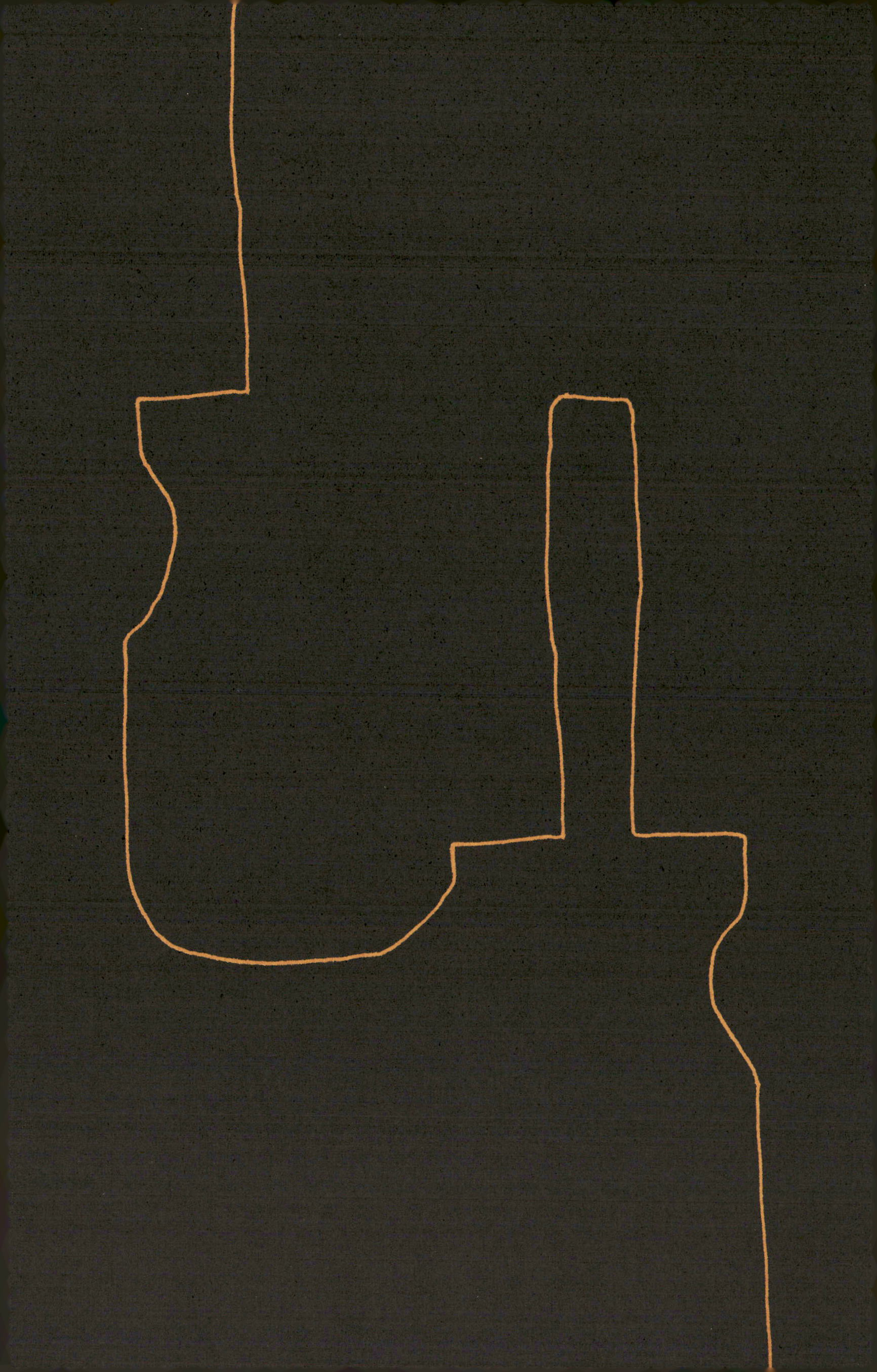

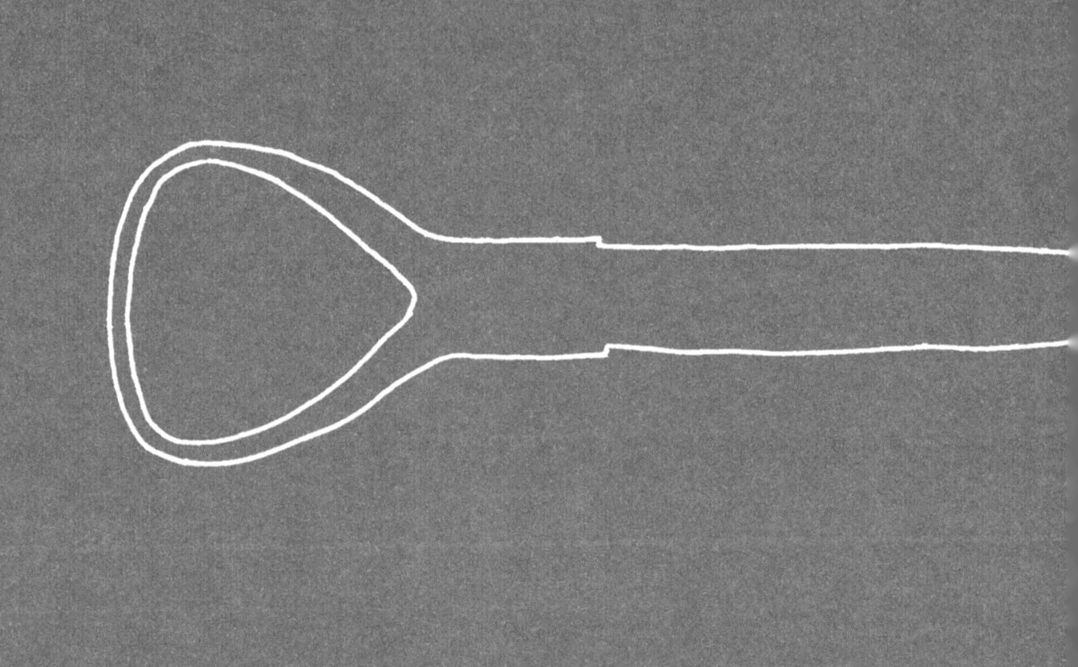

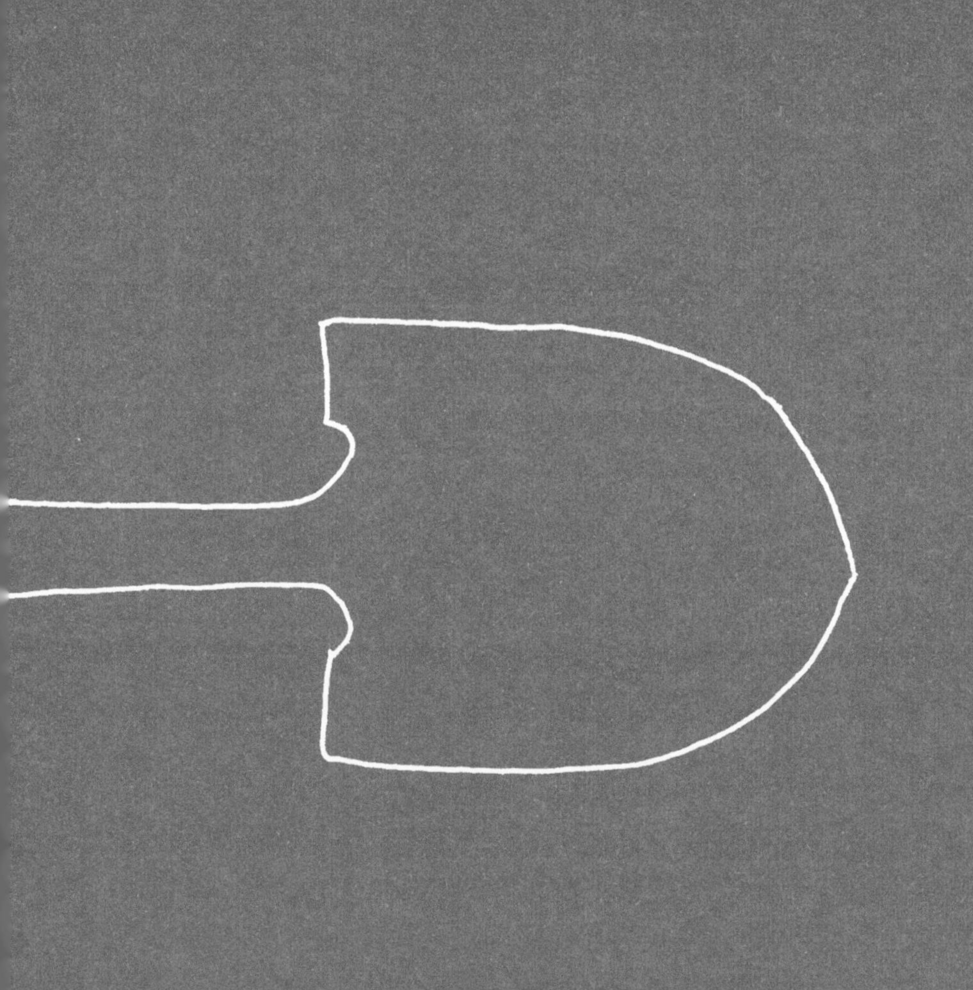

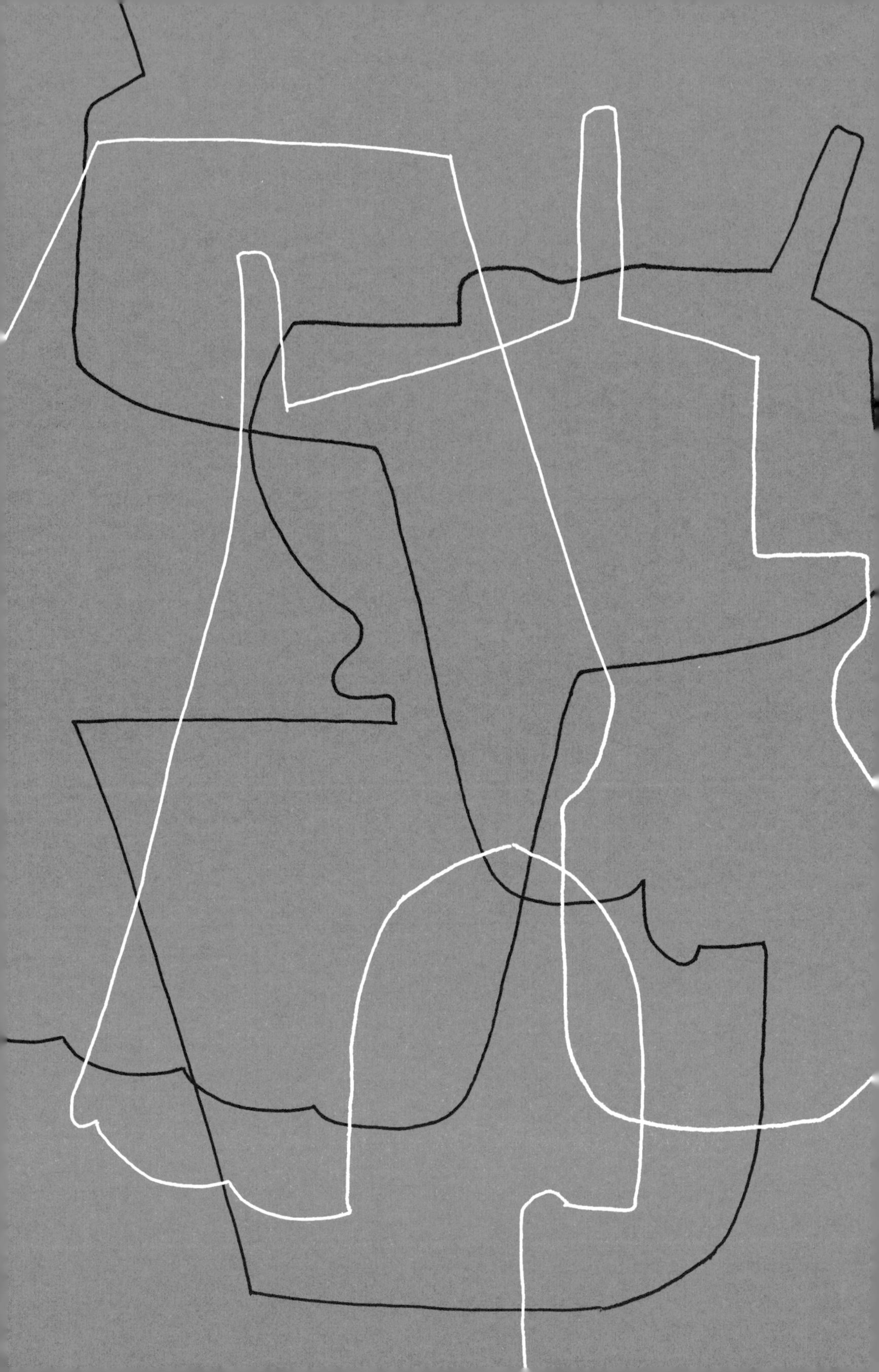

Para resumir a conversa, quinze minutos depois estavam entrando no apartamento dele.

(Dedá estranhou o prédio moderno — tinha feito na cabeça uma imagem mais... gótica. No mínimo um sobrado antigo, com umas janelas misteriosas no segundo andar, abertas, observando quem chegava, e uma grade de ferro enegrecida e enferrujada em volta...)

Ele veio recebê-las e, de fato, não era nem um pouco assustador. Tratava-se de um sujeito baixinho, rechonchudo, de óculos grossos, olhos muito azuis, azuis demais, como de criança, um azul de dar de mamar, até meio pidão mesmo... Mas ele era também bigodudo e quase careca, uma combinação que dava em Dedá vontade de rir... Ou daria, se ela conseguisse esquecer o que o cara fazia.

— Pode não acontecer nada, absolutamente nada —, ele foi falando. — Não controlo minha comunicação com os espíritos. É uma coisa que vem, sem eu saber explicar.

— Avisei isso para a minha sobrinha, Tobias.

"Tobias", até o nome soava engraçado a Dedá.

Ele as fez se sentarem num sofá branco na sala dele — uma sala normal, com poucos móveis e quase sem nada nas paredes. No fundo, havia uma estante enorme, cheia de livros. Tobias fechou os olhos, juntando as mãos — estava rezando —, e isso demorou alguns segundos. De repente, ele abriu os olhos...

— É como eu disse... Parece que, hoje, não vamos ter nada. Não há *ninguém* querendo falar com vocês.

Dedá deu graças a Deus. E pelo menos podia dizer para qualquer um (mas não diria, para não passar por doida) que não teve medo, que fez, que aconteceu...

Subitamente, ele se voltou para Dedá e ficou paradão, olhando... Ou melhor, quer dizer, *ou pior* (isso é que a assustou)...

ficou olhando justamente para algum ponto ao lado dela, como se houvesse alguém ali.

Tia Estela havia jurado que não dissera nada ao Tobias sobre ela, sobre por que estava ali, muito menos sobre o baú do Tio Quim...

— O Tobias é um sujeito sério, Dedá... Juro! Ele acredita no que faz. É... a *missão* dele, entende?

Então, quando o cara ficou olhando para *algo* ali do lado (que a garota não via), ela perguntou assustada:

— O que foi...?

— Nada! —, ele respondeu.

Mais um alívio para Dedá, só que...

— Quer dizer...

"Êpa!"

— É que eu tive a impressão de escutar...

O impulso de se levantar para sair foi tão evidente que a Estela reteve a garota pela mão. Tobias continuou...

— Mas foi uma coisa... muito estranha... alguém dizendo baixinho... Não faz sentido para mim, mas... Talvez faça para vocês.

— O que você escutou? —, cortou Estela, ansiosa, um guincho estridente...

— Uma voz dizendo: "no baú"... Alguém parece estar repetindo isso. Não estou escutando direito, mas, faz sentido? Algo num... *baú*?

Não teve mão de Estela que segurasse Dedá. Poderia ser até uma âncora, que ela num estalo já estava na porta.

— Dedá... —, Estela chamou, aflita.

— Eu quero ir embora! —, gritou a garota, apavorada.

Tobias sorriu e disse:

— Leva a menina, Estela... é melhor... Um dia, mais tarde, talvez...

Dedá já estava no corredor, indo para o elevador. Estela a alcançou preocupada.

— Puxa, Dedá... desculpe... Eu não queria assustar você. Eu pensei que...

— Me assustar? Assustada eu já estava, quando *achava* que o baú do Tio Quim era mal-assombrado. Agora, não acho, tenho *certeza*! E não estou mais *só* assustada. Agora, eu estou... morrendo de vontade de fazer xixi! Vamos embora daqui, tá? AGORA!

SEIS

— POR QUE A GENTE NÃO ABRE O JOGO? —

dizia Leandro Filho, quando Dedá entrou na sala. — Por que não temos... uma conversa de homem para homem. De pai para filho. Tudo na mesa, certo?

— Mas... — e o pai de Dedá, que era com quem o irmão discutia, tentou sorrir — não é o que estamos fazendo?

Saiu um sorriso torto, tão malformado que o pai de Dedá não conseguiu impedir de desviar os olhos dos olhos do filho, que estavam cravados nele, como dedos acusadores.

Dedá foi dar um beijo no irmão, com quem não cruzava na casa há dias, e ele a beijou também, mas sem nem olhá-la direito. Ficaram um instante calados, os dois, Leandro esperando que o pai dissesse mais alguma coisa, o pai esperando que Leandro se cansasse de esperar, e Dedá achando que o melhor era ir para o seu quarto, quando o Leandro disparou:

— Na verdade, o problema não é esse, é?

— Mas que problema? Não tem problema nenhum.

Você é que está querendo arrumar um problema.

Leandro bateu com força as duas mãos espalmadas, nos joelhos.

— Papai! Eu estou odiando aquele escritório!

— Mas, você está quase se formando. E aí, vai jogar o seu diploma fora...?

— Dou ele pra você! Pode... — Leandro conseguiu se segurar, olhou em volta, para o teto, para a porta da rua, para Dedá, de passagem, para a mãe, que entrava de novo na sala nesse instante:

— Você janta com a gente, Leandro? Vou fazer uma omelete de cogumelo e manjericão do jeito que você gosta.

Leandro não se preocupou em responder à mãe. Levantou-se de supetão para ir embora, mas ainda disse:

— Eu quis conversar com vocês, porque... queria que entendessem... Droga! Foi besteira. Eu... estou saindo hoje de casa. Vou morar com a Tina.

Teresa soltou um gemido e caiu sentada. Leandro Pai tensionou o rosto para não dizer nada; sabia que só ia piorar as coisas se dissesse, que o melhor era ficar calado.

Mas, não conseguiu:

— Filho, cuidado para não ser influenciado. *Você* tem uma carreira! Não é como *ela* que...

Leandro deu de ombros, e riu, cínico, interrompendo o pai (que aliás já havia interrompido a si mesmo, sem saber como ia sair da sinuca em que sua frase o colocara). Dedá engasgou-se, sentiu o choro subir até seus olhos porque percebeu que Leandro, seu *Dando*, estava, ali e naquele instante, desistindo. Daquela família. Dela. Tudo no mesmo pacote.

— Leandro! —, ela exclamou, antes que ele escapulisse. O irmão se voltou, esperando pelo que ela ia dizer. Mas Dedá não sabia o que dizer... — Tá... tudo bem?

— Tudo ótimo! Com *vocês*, por aqui, está tudo sempre normal, não é?

Aquele *vocês* foi debochado demais. Dedá se sentiu injustiçada:

— Leandro, vai à...

— Filha! —, cortou o pai.

— E a omelete? —, insistiu a mãe.

— Tchau! —, disse Leandro e saiu batendo a porta.

O pai levantou-se e foi direto para o quarto — Teresa o seguiu e os dois se trancaram lá. Dedá sabia que iam ficar conversando, sentados na cama, um de frente para o outro e de mãos dadas, até a hora do jantar. E que sairiam de lá, como Dando disse, parecendo que estava tudo absoluta e cretinamente *normal*.

SETE

DEDÁ, PRINCIPALMENTE QUANDO ESTAVA zangada, costumava dizer que já tinha conhecido o Tio Quim *defuntado*.

— E esse baú... esse baú é o que sobrou dele, né? São quase os... *restos mortais* do cara! No meu quarto!

Depois se arrependia, tanto por medo ("É que... sei lá se alma penada tem senso de humor...?") quanto pela expressão de mágoa do seu pai, quando a escutava. "E o papai se magoa tão fácil...", refletia a garota, meio com pena dele, meio também para implicar. Ela tinha razão. Leandro se magoava constantemente, mas raramente dizia que estava magoado; engolia tudo, deixava fermentando, junto com seus ataques de azia. Teresa era quem o entendia, e tentava explicar para a filha:

— Não é que ele viva se magoando. É uma mágoa só, sempre a mesma. A mágoa do Leandro não sara. E vem de muito tempo atrás.

Para variar, como em muitas outras coisas, vinha dessa história com o Quim.

Uma história que, para ser sincera, Dedá sempre achou um bocado confusa. Parece que ele, um dia, anunciou para seus pais que não ia estudar mais e pronto. Quem quisesse que se conformasse porque, poucos meses depois de sair do colégio — ele tinha dezesseis anos, então —, saiu foi do país, do continente, desta metade do planeta. Leandro costumava dizer que Tio Quim só não se transformou em astronauta (a primeira descida na Lua foi poucos meses antes) porque não teria paciência para passar por todo o treinamento.

Nessa época, Leandro já estava terminando a faculdade — formou-se em Direito — e a história dos dois não podia ser mais diferente. Leandro se enfiou em escritórios, cartórios, códigos de leis e processos desde cedo, brigando como um doido para "fazer a vida", como dizia, recordando, com a voz subitamente arrastada:

"A gente veio de baixo, meus pais já tinham me dado o que podiam e o que não podiam. Se mataram para eu poder estudar. Eu tinha um diploma na mão, precisava começar a fazer o sacrifício deles valer a pena... pelo menos *eu* não os desapontaria, era o que eles me diziam. Isso porque não conseguiam esquecer o Quim... O Quim era o preferido dos dois, sempre foi. Daí, voltaram para Assis, na Itália... Você sabe, haviam chegado ao Brasil recém-casados, muito novos, pobres, agricultores de vinícolas... Bom, o caso é que uns anos depois que o Quim foi embora, se convenceram de que ele não ia voltar e... acho... que já não tinham *nada* que os prendesse aqui, então voltaram para a terra onde haviam nascido... O meu pai morreu uma semana depois da minha mãe, ambos já bem idosos, e até o fim, sempre que a gente se falava pelo telefone, nas cartas... essa dor deles, dava para sentir que nunca mais tinha passado... Quim! Ah, o Quim..."

Não ser o preferido, mesmo não tendo abandonado os pais, nunca foi a mágoa do Leandro. E ele nunca precisou dizer nada para Dedá perceber que, apesar de jamais confessar, Quim era o favorito dele também. O ser humano favorito dele!

Como todas as histórias de Quim, a tal saída dele do país também era uma festa de trechos nebulosos. Leandro contava que o irmão havia penetrado num navio, como clandestino, e se escondido no porão. Foi num navio de tripulação "oriental" — era tudo o que Leandro sabia, pela leitura das cartas. Havia noites em que parte dos marinheiros se reunia no convés para "estranhas e selvagens cerimônias" — eram os tais adoradores de uma "deusa antiga, sedenta por carne e sangue humanos".

"Quim escreveu contando que certa noite foi apanhado quando assaltava a cozinha do navio", lembrava sempre Leandro. "Foi surrado, depois arrastado até um calabouço abafado, sem ar, inundado até meio palmo de altura de água suja. Eles o deixaram lá, amarrado. Quim sabia que, em alguns navios, costumavam-se jogar os clandestinos ao mar. Em outros, eram obrigados a executar as piores tarefas, as mais imundas, insalubres e arriscadas, até chegar ao primeiro porto, onde eram desembarcados. Ou vendidos como escravos... Acredite! Ainda existem essas coisas no mundo."

Mas, duas ou três noites depois, Quim adivinhou que o destino que lhe reservavam não era nenhum desses. Um bando de

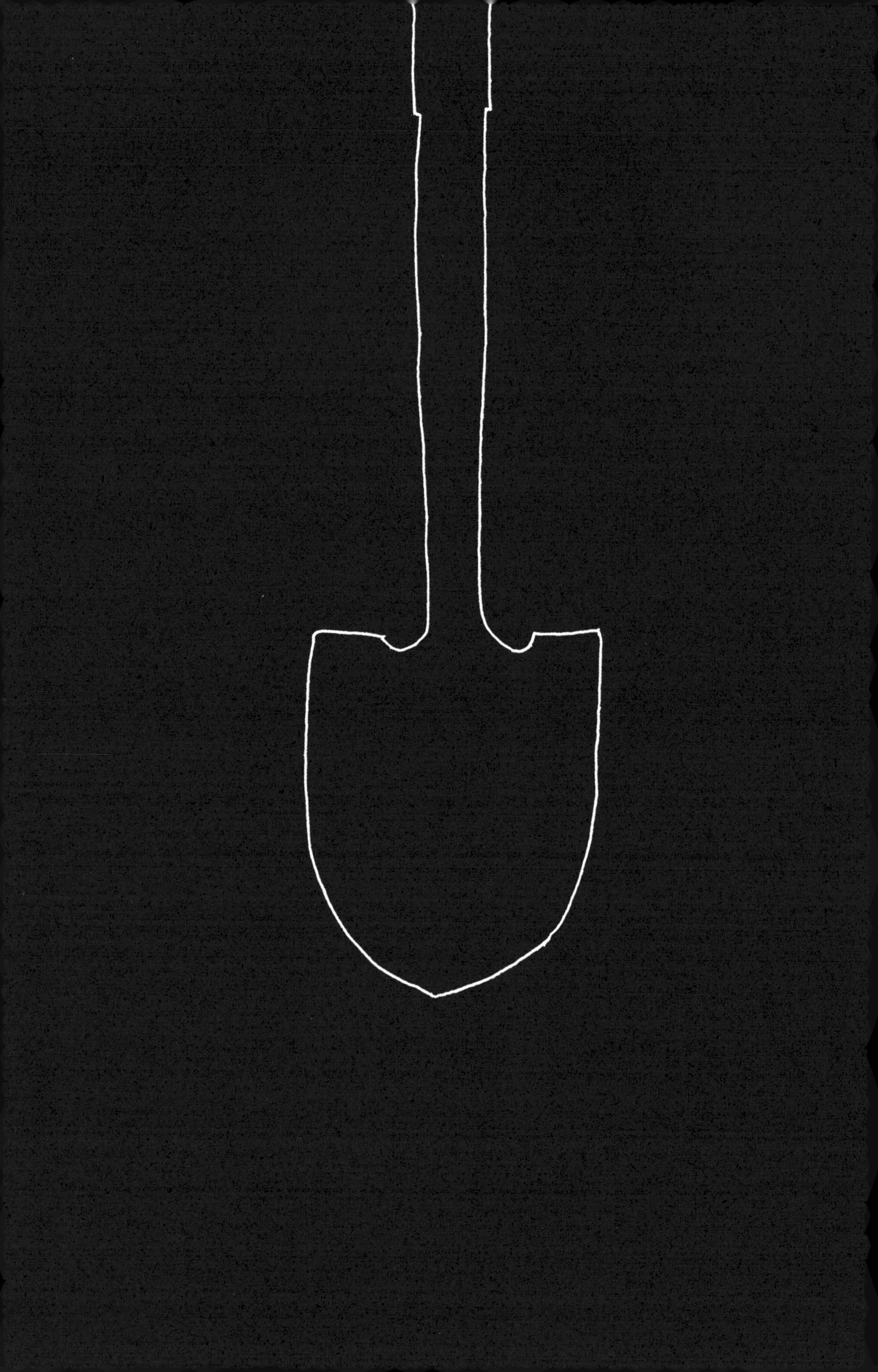

raivosos tripulantes entrou em sua cela, berrando com ele numa língua que para Quim era incompreensível. Foram arrastando-o para o convés, enquanto lhe aplicavam outra surra brutal.

Estavam em alto-mar, num ponto qualquer do Atlântico, bem ao Sul, já circundando o antigo Cabo das Tormentas, rumo aos oceanos orientais. Havia uma roda de tripulantes, de pé, num canto do convés, sob um céu de lua minguante e pesado de tantas estrelas — e nenhuma outra luz além dessa. Quim foi atirado no centro deles, junto a uma estatueta de madeira, que tinha cerca de um metro de altura. Era uma figura feminina, rosto pintado de roxo, orelhas pontudas, olhos vermelhos, brilhantes, saltados, e dentes dourados — uma fileira de dentes pontiagudos, que a fazia parecer mais bicho do que gente. O corpo da estatueta era ainda mais curioso. Ela tinha asas de morcego nas costas e uma infinidade de seios que desciam da altura do peito até o final do ventre. As mãos e os pés eram garras.

Quebrado de tanto levar pancada, Quim resignou-se, certo de que iria morrer ali. Só esperava que fosse rápido — uma faca de lâmina sinuosa rasgando sua garganta, ou mesmo um laço de seda negra pegando-o por trás e apertando seu pescoço até esganá-lo. E isso seria melhor do que sofrer torturas, que nem nas histórias que ouvira no porto, enquanto passeava por lá, querendo aprender um pouco sobre a vida no mar e fazendo amizades com os marujos mais experientes.

"Esse *treinamento* não o ajudou a escolher direito o navio para seu início de viagem", comentava Leandro, nessa altura, toda vez que repetia a história... "Havia, atravessando os oceanos, 'embarcações amaldiçoadas' — bem que Quim escutou algumas dessas histórias no porto. Pareciam navios e tripulações comuns, mas era o disfarce que usavam para atracar nos portos e se reabastecerem. Na maioria dos casos, somente parte dos marujos era da seita; no entanto, os demais se calavam, intimidados. O que acontecia a bordo, em alto-mar, não era coisa que alguém 'de fora' pudesse (ou 'suportasse') assistir. E fora justamente num desses navios que Quim resolvera se enfiar."

"Lá estava ele então", contava Leandro, empolgado... "prestes a ser esfolado vivo ou coisa que o valha, quando então teve uma ideia... Quim começou a berrar e a se contorcer, e acabou calando o alarido dos tripulantes, que aos poucos foram parando e fazendo silêncio, para observá-lo.

Meu irmão agarrou-se aos pés da figura de madeira e começou a beijá-los, fervorosamente, gritando ainda mais alto, como se o estivessem estripando, e se contorceu mais ainda, ensandecidamente. Finalmente parou sua encenação, exausto, praticamente desfalecido. Os tripulantes, depois de alguns instantes para se refazerem, trocaram olhares, algumas palavras que Quim não entendeu, é claro, e então o recolheram e o levaram para uma outra cela — essa era seca e menos quente —, mas, agora, sem arrastá-lo, nem bater nele. Apenas o carregaram e o deixaram lá, sobre o catre. Deram-lhe até mesmo um lençol limpo para que ele se cobrisse.

Pelos dias e noites que se seguiram, Quim foi deixado sozinho, naquele cubículo escuro, escutando os ratos que habitavam o porão. Ao amanhecer e ao anoitecer, alguém vinha, abria a portinhola na parte de baixo da porta, e por ali introduzia uma vasilha de água, uma tigela de caldo e um pedaço de pão. Às vezes havia também um pedaço de toucinho, ou de carne seca, no caldo. Houve uma noite em que lhe serviram macarrão com linguiça — devia ser uma data especial.

Quim comentava que a comida, apesar de muito simples, não era má. Provavelmente a mesma coisa que os tripulantes comuns comiam. Lembrava que tinha sabores estranhos, que se revelavam já na boca, e que era excepcionalmente apimentada.

Finalmente, ele foi desembarcado na Costa de Malabar, na Índia... de onde vêm as pimentas negras mais perfumadas do mundo. O navio o deixou lá, sem a menor formalidade, no cais do porto, seguiu viagem, e Quim escreveu que era nítido, no rosto da tripulação, um grande alívio por poder se ver livre dele.

'Nunca vou saber se me tomaram por demônio ou por louco — que é uma criatura sagrada em muitas culturas. Mas tenho a honesta impressão de que minha encenaçãozinha me poupou atroz sofrimento e salvou minha vida, naquela noite'..."

— "Atroz"?... — estranhou Dedá, uma vez em que, já crescida, uma garotona, escutou a história. — Meu tio escreveu "atroz" nessa carta em que contou essa história doida a você?

— Escreveu... — confirmou Leandro.

— Mas que artista — riu Dedá...

Mesmo achando graça, Dedá teve muitos pesadelos em que estava escondida dentro de um caixote, que era de repente destroçado, com bastante violência, e ela era arrancada de lá por homens ferozes, que a carregavam, enquanto ela se debatia, e a atiravam nos braços de uma estranha criatura, meio mulher, meio ave de rapina, que saía voando com ela... Ou então que estava distraída, fazendo qualquer coisa em seu quarto, quando do nada (ou talvez lá do baú do Tio Quim, que estava às suas costas) surgia um vulto que puxava sua cabeça para trás e, com um punhal de lâmina sinuosa, cortava sua garganta...

— E qual é essa tal mágoa do papai? — perguntou a garota um dia, à mãe, mais até para afugentar o calafrio que lhe dava a lembrança daqueles pesadelos...

"Bem... segundo o Leandro", contava Teresa, "Quim, desde garoto, adorava ler livros de aventuras, principalmente os que narrassem histórias sobre viagens a lugares distantes e fantásticos. Tinha muita facilidade para aprender idiomas — inglês, ele aprendeu de assistir a seriados na tevê, já que nem todos, nos tempos dele de garoto, eram dublados; passavam em inglês, com legendas. O Leandro dizia que era um inglês meio enrolado (o pai de Dedá é daqueles que lê inglês e sabe gramática à beça, mas não fala), mas que funcionava. Tudo para viajar, correr o mundo — como se desde pequeno, em segredo, tivesse essa ideia na cabeça. Depois que partiu, Quim nunca mais voltou para casa.

De vez em quando, enviava uma carta de algum lugar que a gente só imagina que exista: Nepal, Ilha de Páscoa, Islândia, Patagônia... e até Groenlândia. Seu pai conta que tem um cartão postal enviado de um país chamado Uzbequistão, na Ásia Central; levou mais de um ano para chegar. No verso, está escrito: 'Oi, Leandro. Está um bocado quente por aqui. A torta de cebolas que vendem na rua é um perigo, totalmente estragada. Nunca a coma, se vier visitar estas bandas. E aí, tudo bem? Abraços... Quim'. Na Ilha de Creta, Quim parou mais tempo, dois anos, mas foi só lá, e depois saiu por aí de novo.

Vez por outra chegava também um presente do Quim. Até joias, para minha sogra, ele chegou a mandar", contou Teresa. "Parece que ele enriqueceu e perdeu tudo o que ganhara várias vezes. Trabalhar, no estilo montar negócio, dar duro anos e anos, isso ele não fazia. Mas vivia caçando tesouros, tribos perdidas, acreditava em amuletos milagrosos que, uma vez descobertos, confeririam sorte e poderes ao seu possuidor. E descrevia, com detalhes, os perigos que iria enfrentar em cada expedição.

Sim, porque... além de tesouros e lugares exóticos, Quim começou em dada altura... acho que foi depois daqueles anos em Creta... a ter outra fixação... Feitiçaria.

Por alguma razão, que ninguém na família sabia explicar, ele começou a alimentar um estranho ódio contra feiticeiros e bruxos. Um ódio misturado a temor. Era a fixação dele. Pelo menos, todas as suas cartas depois disso contavam casos dele perseguindo ou sendo perseguido por algum *feiticeiro*, ou por um *zumbi*, uma criatura cuja alma fora sequestrada por um bruxo que, segundo Quim, a mantinha sob seu poder. Uma *coisa*... capaz de fazer qualquer coisa... *qualquer coisa*... que seu senhor lhe exigisse."

"Os desgraçados quase me pegaram desta vez", citava Leandro, de memória, de uma carta do irmão. "Sabia que era arriscado vir para o Círculo Ártico durante o *kaamos* — a 'noite polar', em finlandês, uma noite que dura vinte e quatro horas —; a escuridão aguça os poderes dessa gente, você sabe, inclusive os que usam para me rastrear. Ou para me *farejar*, eu deveria dizer. Mas, não tive outra alternativa."

"Aqui é uma região de pesca. Pequenos barcos cruzam os mares gelados, e um deles puxou suas redes, no mês passado, trazendo um tesouro, das profundezas. Era uma escultura, feita em marfim de mamute. Uma deusa-mãe de seis centímetros de altura, com enormes seios, totalmente desproporcionais, ancas largas, genitália abusadamente proeminente. Um tesouro arqueológico. Mas também uma pista para toda uma tradição mágica imemorial. Vi estatuetas como essa na atual Turquia, desencavadas de ruínas muito, muito antigas. Algumas de sete mil anos atrás. Mas, esta que foi encontrada nos mares do Ártico tem trinta e cinco mil anos. É o que revelaram os testes. Essa é a idade de alguns desenhos em cavernas da chamada Idade da Pedra!

Como veio parar aqui? Em alguns lugares, o culto a essa deusa, se é que é a mesma entidade, gerou cerimônias brutais, origem da pior feitiçaria...

Consegui ver a estatueta resgatada do mar. Até mesmo a segurei nas mãos, pouco antes de ser localizado pelos zumbis que me perseguem pelo mundo com a missão de me capturar. Eles sabiam que eu seria atraído pela notícia do achado da estatueta, e armaram a tocaia. Já ia organizar uma expedição submarina para explorar mais o local do achado. Mas, não deu tempo para nada. Escapei por pouco. Se me pegassem, eu seria transformado numa criatura igual a eles, perderia a vida, a vontade, minha alma... que passariam a pertencer... a quem controla essas danações bestiais."

Parece que daí para frente, ou seja, dessa cisma com feitiçaria, é que começou a sua fama de *esquisito*. Até então, era o sujeito meio maluco, que não queria emprego, casa nem família, que viajava o mundo inteiro e vivia feliz. Só isso, nada demais, né? Mas, de repente...

Quando falava sobre essa mudança de Quim, a expressão no rosto de Leandro mudava. Parecia assustado. E a voz baixava bruscamente para quase um sussurro, como se algo entranhado nas paredes pudesse escutá-los...

"As cartas do Quim dessa época... eram de assustar. Começaram a ficar sombrias, falando de ameaças pairando sobre o mundo e a necessidade de combatê-las, de exterminá-las, se possível. De descobrir antídotos para pragas, poções e malefícios. Falava de um Mal antigo, milenar, que ameaçava voltar a qualquer momento. E de criaturas que existiam em segredo... Numa carta, ele escreveu: 'Leandro, se você, com essa sua vidinha, soubesse, se tivesse visto o que eu vi, se imaginasse, jamais ia conseguir dormir outra vez...'

Quim voltaria a percorrer todos os cantos da Terra, mas com outro objetivo. Não era mais brincadeira, não eram mais tesouros que tanto fazia ou não serem encontrados. Ele virou um caçador de feiticeiros, de encantadores... Era uma obsessão dele. Foi ao Haiti, segundo contou numa carta enviada quando embarcava da Inglaterra, para 'acabar com uma seita secreta de *levantadores de defuntos...*'. Isso mesmo, foi lá para brigar contra feiticeiros que criavam zumbis, dá para acreditar? E essa foi apenas uma das viagens... Onde ele escutava que havia 'escravizadores de almas'... — podia ser a história mais de filme, mais de sessão das três da madrugada —, lá ia ele caçá-los."

Leandro ficava longos períodos sem notícias do irmão, depois ele escrevia, sempre alegando que havia andado doente... ou se recuperando de ferimentos, de envenenamentos, de feitiços... por causa "dos embates contra o Mal", mas que já voltara "à missão".

"Fazia então uns dezessete anos que ele havia partido, quando as notícias pararam de vez", contava Teresa. "E, tempos depois, uns dois anos antes de você nascer, Dedá, seu pai (os seus avós, os pais dele, já tinham morrido, e ele não tinha nenhum outro irmão) recebeu um telegrama da embaixada do Brasil na Nova Zelândia. Era uma mensagem de pêsames, dizendo que um barco que Quim alugara para fazer uma exploração submarina nas vizinhanças da costa havia naufragado 'por causas desconhecidas'. Como não haviam encontrado sobreviventes e ali, bem... Parece que Quim escolheu para naufragar no lugar onde acontecia a maior concentração de tubarões do planeta e... Ai, que horror, coitado!"

Temendo atiçar ainda mais as azias do marido, Teresa se continha. Mas apenas por um instante:

"Apesar de já não o ver havia tanto tempo e de ter sempre na cabeça que uma coisa dessas poderia acontecer, Leandro sofreu bastante com a notícia. Costumava dizer que, sabendo que o Quim passeava pelo mundo, dava umas gargalhadas, sozinho, sem mais nem menos, pensando no que ele poderia estar fazendo e onde — em que lugar mais estranho, mais remoto? — poderia estar."

E para a filha, Leandro disse um dia: "Minha vida ficou mais triste depois que soube que meu irmão morreu, Bela..."

— Então... é por isso que o papai tem essa mágoa que não sara? — perguntou à Teresa uma impaciente Dedá (a quem só o pai naquela casa chamava de Bela)...

— Não... — murmurou a mãe... — Puxa... Você não entende seu pai mesmo, né, Dedá...? Ele já falou tantas vezes e você não sabe...!

Teresa soltou um suspiro e se afastou, deixando Dedá, primeiro, irritada, depois... com sentimento de culpa...

Talvez Dedá não a registrasse porque a tal mágoa nunca impedira que Leandro continuasse tendo em Quim seu "ser humano favorito". O pai de Dedá adorava o irmão. De uma forma suave, branda, quieta, como tudo o mais em Leandro. E se mencionava o motivo de sua mágoa, nunca a destacava. Nunca lhe dava ares de queixa. Dizia somente que no fundo, bem lá no fundo, sempre soube que um dia Quim iria partir. Só esperava que aquele garoto, de quem cuidou e cujas fraldas trocou, se virasse, naquela hora, para ele, e perguntasse: "Você quer vir comigo, meu irmão?".

Se ele iria ou não (mais que provavelmente, não), se teria então uma vida totalmente diferente da que teve, não sabia. O caso é que Quim não fez a pergunta.

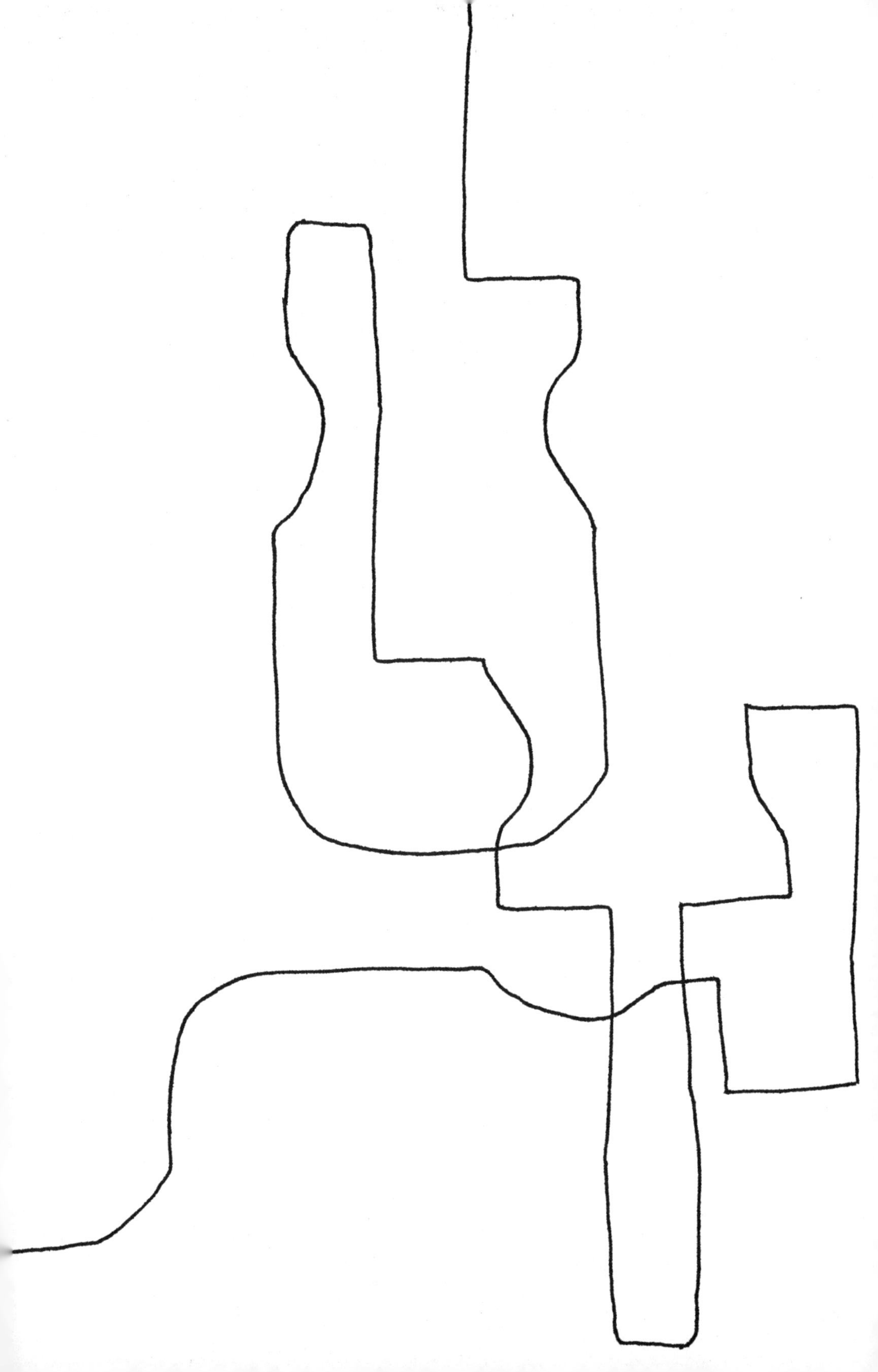

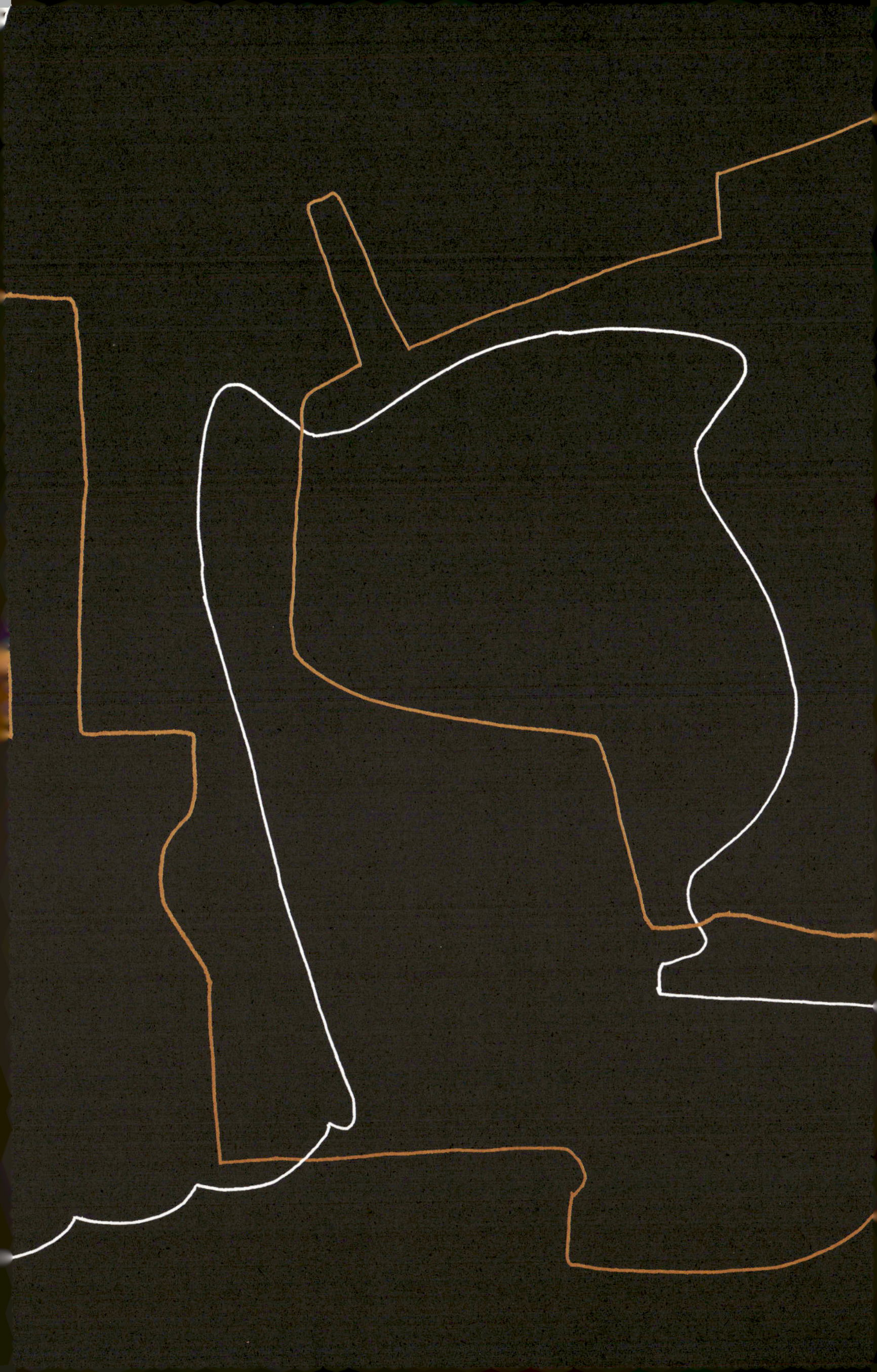

OITO

ACONTECIA UM MILAGRE TODO DOMINGO naquela casa. Sim, milagre. Não haveria outro modo de entender como é que saía o almoço.

Teresa, desde as nove da manhã, começava a resmungar em altos brados que estava atrasada, que não ia dar tempo de terminar, e puxava Leandro Pai — que a essa hora devia estar martelando em algum lugar do apartamento ou cuidando das plantas — para ajudá-la na cozinha. Ajuda essa que, é claro, logo causaria uma nova tempestade de reclamações de Teresa, acusando o marido de só querer fazer as coisas do jeito dele, em vez de seguir suas instruções, de estar sempre no caminho dela, quando ela precisa passar, de começar a lavar as panelas nem bem ela as sujava, e nisso jogava água com detergente nos pratos em preparo. E os dois brigavam, e Leandro prometia que nunca mais entraria naquela cozinha, mas acabava ficando, e o cardápio mudava umas dez vezes no decorrer da manhã, com

Teresa chegando a toda hora para perguntar ao marido, a Dedá e mesmo à Quica: "e que tal se eu fizesse isso, em vez disso, e mais aquilo, além daquilo outro?"... Como se fosse mesmo escutar a opinião de qualquer um nesse assunto...

No final acabava mais ou menos no de sempre. Mas, na hora de servir, ninguém (a essa altura Dedá e Quica já tinham sido convocadas para a batalha) se entendia sobre como arrumar a mesa (Quem vem? Quantos? Quantos descansos? Quantos pratos e talheres? Copos de quê? Vinho? Refrigerante? Água? Suco?), e Teresa lamentando, achando que o assado ficara ressecado, que o arroz estava sem sal e agora depois de pronto já não dava mais jeito, e parecia que iam jogar tudo no lixo e telefonar encomendando umas *pizzas*, quando então...

Finalmente, chegava a hora do almoço. E a mesa *aparecia* servida. Ninguém conseguia explicar como. Acontecia.

Era o milagre.

Só que, lá pro meio daquela semana, Leandro passou pela casa da família, como se houvesse esquecido a briga. Teresa ficou agitadíssima... — fazia dias que ele não aparecia. Fez um cafezinho especial, com bolo, manteiga, pão de queijo, presunto, e arrumou a mesa para todos, coisa que nunca acontecia àquela hora, naquele lar.

Daí, o irmão de Dedá pediu para trazer Tina para o almoço de domingo. O pai ficou só olhando, sem que fosse um olhar focado em coisa alguma, e mudo, inalterável em seus movimentos de levar a xícara de café à boca e servir-se do pão de queijo. Daí, Leandro Filho repetiu, ou melhor, desta vez não pediu, mas disse que ia trazer *sua namorada* para conhecer a sua família, no almoço de domingo. Enfatizou bem *minha* namorada. E ninguém respondia à pergunta, que já não fora feita, nem dava a permissão que não estava mais sendo pedida;

nem o pai de Dedá, que ficou com uma expressão de tijolo na pilha de tijolos, nem a mãe, que logo tentou mudar de assunto.

(Depois que Leandro Filho foi embora, ela seguiu o marido, que rumou direto para o quarto. Lá dentro, ele a acusaria: "Mas, como é que você aceita uma coisa dessas? Você já sabia, não?"... Só que Teresa não escutou, porque já ia dizendo: "Como é que você fica calado? Sabe como é, quem cala...")

No domingo seguinte, Leandro e Tina chegaram em cima da hora. Leandro a apresentou ao pai, que olhou para ela e sorriu: "Como vai?", ele disse; e para a mãe, que trocou beijinhos com ela e disse: "Prazer".

Depois Leandro e Tina se sentaram, meio que recuados, na sala, mastigando umas azeitonas, cada um com um copo de refrigerante na mão, e ficaram ali enrolando. Mas, mesmo na zorra que era o almoço de domingo naquela casa, todo mundo reparou o que eles tinham acabado de fazer — o pai, que era mais do que desligado para essas coisas, Teresa, que não perdia uma, e Dedá, é claro, que sentiu um calor envergonhado nas faces, ao reparar, e até a Quica. Todo mundo.

Ou melhor, a Quica tinha seis anos e ainda não pensava nessas coisas, mas ficou achando gozado o jeito deles; os olhos e o rosto brilhando, um sorriso que os dois trocavam entre si...

Além de tudo, os dois tinham passado a manhã rindo e chorando. Rindo e chorando juntos.

Teve uma hora que Leandro Filho não conseguiu mais parar sentado. Deu para perseguir as pessoas, uma por uma, e acuá-las nos cantos, tentando emendar uma confidência, um segredo... Mas, habilmente, todos escapavam sorrindo, e ele ficava olhando por cima das cabeças de todos, do alto do tamanhão dele, se abraçando, descruzando os braços, e mesmo aí, apesar da tensão, todo mundo sentindo cheiro de incêndio no ar, Dedá se pegava às vezes, a contragosto, derretida com o jeito dele, tão desengonçado. Ainda mais desconcertado, desprotegido, trocando sem parar de pé de apoio, virando de costas, revirando. Não havia maneira de ele se acalmar.

A Tina, pelo contrário, sentou-se num canto e colou um sorriso no rosto. Era óbvio que era a única ali que estava entendendo a agitação do Leandro Filho. Dedá ficou cismada com aquele sorriso dela, achou meio sonso, ou não sabia direito o quê. Mas a Tina não procurou se aproximar, nem puxar conversa, não dizia nada, apenas sorria.

Enfim, Teresa chamou todos para a mesa. Os pratos foram surgindo, descombinados entre si, mas exatamente no ponto para cada pessoa sentada à mesa. Dedá não dispensava o tradicional cardápio domingueiro: macarronada e frango. Havia bacalhau desfiado com batatas e muito azeite para os pais, e bife com batatas fritas para o Leandro, apesar de a Quica exigir sociedade nas batatas fritas dele, que era só de fato o que ela ia comer além da sobremesa. Naquele domingo, muito especialmente e seguindo recomendações de Leandro, havia muita salada crua, mais nada, para a Tina.

Mas, antes que começassem a comer, Leandro levantou-se, com um braço apoiado no ombro da Tina e disse, muito sério:

— Minha mãe, meu pai, Dedá, Quica...

Das muitas caretas da mesa, a mais expressiva foi a do pai. Ele arqueou a sobrancelha direita, e torceu o nariz como se alguém o tivesse acabado de atarraxar, às pressas, entortando o rosto. A formalidade do filho mais velho deixou todo mundo meio perplexo. Ainda mais porque, logo o Leandro, sempre morto de fome, nunca deixava que nada fizesse a comida esperar. A família ficou em suspense, exceto a Quica, que começou a rir.

Aguardavam. Mas ele empacou ali. A sobrancelha do pai, mais arqueada ainda, espichava um *Siiiim...?* mudo, intrigado e provocativo. Até mesmo exigente. Leandro corou, começou a suar. Acarinhou os ombros de Tina. E quase ia repetindo: "Minha mãe, meu pai, Dedá, Quica...", mas uma segunda risadinha da Quica o impediu.

— Bem... —, ele ensaiou recomeçar. — Eu resolvi que a gente devia tentar se entender, depois... quer dizer, a Tina deu força, insistiu, e eu já queria mesmo acertar as coisas aqui em casa... É que agora vai mudar... tudo, sabe? Não, vocês não sabem, ainda, mas eu pedi para vir almoçar aqui com a Tina porque entre todos nós, tudo vai mudar. Vai, sim, porque...

A Tina sorria, serenamente. Eles trocaram um olharzinho, só deles, e foi assim que Leandro Filho conseguiu desentalar:

— O que eu quero dizer a todos vocês é que, daqui a cinco meses... A Tina e eu vamos ter um bebê. Papai, mamãe, vocês vão ser avós.

Dedá juraria, na hora, que ele parecia tão criança, dizendo isso, que deu vontade de botá-lo no colo. Nem dava para acreditar que ele podia estar dizendo que ia virar pai, ter um filho... Ou que não fosse uma brincadeira, para fazer todo mundo naquela casa sofrer um ataque.

Ele falou aquilo olhando para a Tina e ela para ele. Foi por isso que Leandro Filho demorou um pouco até perceber o silêncio em volta. E que a sobrancelha de Leandro Pai havia desabado. E que a mãe, depois de uns três ou quatro segundos, tinha conseguido soltar um suspiro, não mais do que isso. E que a Quica e Dedá olhavam para uns e outros — para Leandro e Tina, enfeitiçados, para os pais, emudecidos — sem saber o que fazer. E *uns* estavam tão distanciados dos *outros*, que parecia impossível estarem reunidos na mesma dimensão. Quanto mais ali, ao redor da mesa.

Numa proximidade insuportável.

Não era uma palavra que circulasse na família, ninguém a dizia, ali...

Ninguém dizia *negro, negra*, falando de pessoas; *aquele negro, aquela negra*; nem ninguém diria, nos dias a seguir, *Tina é* negra, mas a *Tina é uma* negra, você sabia? Isso, ninguém ali iria dizer.

Daí, teve aquela cena, Leandro anunciando (tinham confirmado a gravidez no dia anterior) que ele e Tina iam ter um filho. E Dedá se sentiu traída. Por seu querido *Dando,* por todo mundo ali, naquela família. Porque só então entendeu aquelas faíscas rolando por baixo da mesa na hora do jantar, quando todos se sentavam para comer juntos. E porque Leandro puxava conversas, sem nem o pai nem a mãe querendo morder as iscas que ele ia soltando, e aquele jogo todo, aquelas manobras, o pai fazendo um olhar mais e mais ausente e a mãe nem isso. O que Teresa fazia era conferir de instante em instante a mesa, para ver o que estava faltando, daí comia um pouco, levantava, ia à cozinha, voltava, dava outra passada, vendo se o prato de cada um estava servido, cuidando para que todo mundo experimentasse um pouco de tudo, fazendo *marketing* do cardápio, item por item, da sobremesa que estava por vir... E Dedá escutava a conversa, até se interessava, tudo o que vinha do Leandro lhe interessava, mesmo sentindo que fosse uma conversa estranha. Talvez soubesse que cada palavra vinha disfarçada. Camuflada. Quase espionando o mundo, a palavra oculta, para ver se podia mostrar sua cara.

E feria. Porque ela não conhecia o segredo. Porque Dando não lhe contara.

Naquela época, ainda, Dedá sentia que tudo o que tinha a ver com o irmão tinha a ver com ela também. Na época, era assim.

E agora haviam chegado ali, àquela mesa de almoço de domingo, com Leandro olhando todos eles como se fossem *eles*, todos um único *eles*. E isso foi o que mais feriu Dedá.

— Meus parabéns, meu filho —, os lábios do pai, finalmente movendo-se o mínimo possível, disseram.

— Estamos muito contentes — acrescentou Teresa, já separando os talheres para servir.

— Obrigado —, sussurrou Leandro Filho, e sentou-se.

O sorriso de Tina havia se apagado.

Quica parara de rir, procurando entender.

NOVE

A MÃE DE DEDÁ, TERESA, TINHA A MANIA DE reclamar dos pacotes de macarrão. Ela só comprava macarrão importado, italiano. E o cozinhava *al dente*, durinho:

— Como minha sogra fazia! — ela não se cansava de repetir. — A avó de vocês detestava essa gosma de macarrão desmanchando.

Sim, ela se orgulhava de fazer um macarrão muito gostoso. E inventava molhos fantásticos, cheios de segredos, de sabores cochichados, perfumes e cores, que, quando entravam na boca da gente, cada qual sabia o que deveria fazer. Mas não se conformava com os pacotes de macarrão, mesmo os dos importados.

— Uma semana dentro desse celuloide vagabundo, e o macarrão começa a pegar umidade. Uma porcaria.

O sonho dela — como sempre proclamava — era comprar um jogo de recipientes próprios para guardar o macarrão. Segundo ela: "tinham de ser de vidro, para não passar gosto, tinham de fechar bem, para não amolecer o macarrão, e ter a superfície com alguma corzinha, de leve, para proteger a massa da luz, sem brigar com a decoração da cozinha..." e mais uma meia dúzia de especificações que D. Teresa enumerava constantemente.

Passou anos e anos tentando encontrar os recipientes ao seu gosto. Até que um dia, passeando por um *shopping*, lá estavam eles, numa vitrina, como se o anjo de Dedá os houvesse fabricado de encomenda.

O marido e a filha estavam com ela, então. Todo o andar do *shoppping* deve ter escutado o grito que ela soltou, e então correu para a vitrina, colou as mãos e olhos no vidro, amassando o nariz e as bochechas, olhando espantada para o seu sonho, separado dela apenas por aquela lâmina transparente.

Determinada, entrou na loja e comprou quatro recipientes, já definindo um para cada tipo de macarrão, entre os mais populares na família... E quinze minutos depois voltava à loja para comprar mais dois, "para macarrões especiais".

Os recipientes, de vidro suavemente azulados e com uma tampa firmada com uma braçadeira de metal e fecho de encaixe — todo o conjunto de vedação bem encaixado no bojo —, ganharam lugar de destaque no alto de um dos armários. Deu algum trabalho, na *decoração* daquela cozinha superlotada, para abrir espaço para eles. Mas isso ela fez com prazer.

Ficaram lá, os recipientes, nobremente... vazios. Nunca chegaram a abrigar um ninho de talharim, um tubinho de *rigatoni*, um fio de espaguete ou uma tira sequer dos *pappardelle*, a massa preferida de Teresa.

Dedá ficava imaginando se a mãe perceberia, caso sumissem.

Talvez tragados pelo baú do Tio Quim.

Provavelmente, sim, e lamentaria a perda, como se estivessem fazendo muita falta. Pelo menos teve a decência de deixar de reclamar dos pacotes de macarrão.

Bem, por menos que os recipientes de macarrão tivessem a ver com a namorada do Leandro, o caso é que aconteceram mais ou menos na mesma época, tanto que uma tarde Dedá chegou do colégio e foi para a cozinha, caçar alguma coisa pra morder, passando inclusive os olhos pelo alto dos armários, quando deu com os recipientes de macarrão vazios, lá em cima, então...

Lembrou toda a história, de repente. Os recipientes de macarrão já estavam ali havia meses, então... A garota começou a rir sozinha. Da tal história dos sonhados recipientes, de toda aquela obsessão de anos que acabou não dando em coisa nenhuma... Achando graça, sem mais nada na cabeça. Em que é que estaria pensando? No Leandro, na Tina, na enrolação toda que ia tomando conta da casa...? Por quê?

Não, estava pensando era em nada, nada de mais, estava só rindo consigo mesma.

Então...

Sentiu que alguém estava atrás dela. Da porta, observando. Parado.

Leandro tinha vindo em casa buscar umas coisas, entrara pelos fundos e dera com a irmã, rindo sozinha que nem uma doida.

Dedá se voltou, com uma sensação de que era ele que estava ali, às suas costas, e era isso mesmo. Ela sempre adivinhava coisas, quando se tratava do seu *Dando*. Mas só que ele estava com aquela cara que ela andava detestando, nas últimas semanas, uma cara que ele havia adotado, chorona, acusando todo mundo, e na hora em cheio dirigida contra ela. E lá da tal cara acusadora, depois de três segundos, ele disparou:

— Você sabe que eles não aceitam a Tina.

— Paranoia sua... Você é que anda esquisito, fica atrás deles, querendo o que deles? E se eles não tiverem nem se tocando?

— Mas eu vou casar com a Tina! Nós vamos ter um bebê!

— *E daí*? Quer a bênção deles? O filhinho favorito precisa sempre da aprovação de mamãe e principalmente de papai, não é?

Sabia que estava falando o que não devia. E também de um jeito que não devia... Com raiva. Com desprezo. Coisas que nem estava sentindo. Ou estava, mas só na pele, não lá no fundo.

Leandro ficou parado, olhando, ainda por uns instantes, depois balançou a cabeça:

— Eu não tô nem aí para o que eles pensam. Muito menos da Tina. Mas você tá é ficando igual a eles! — e a acusação saiu numa voz engasgada, a garganta apertada.

— Tô nada! —, gritou de volta. — Nunca!

E daí, quando vê, por trás do Leandro estava a mãe deles, com os olhos arregalados de surpresa, primeiro, e que quase imediatamente começaram a brilhar, refletindo a luz do teto da cozinha numa fina película de lágrimas, que não chegaram a cair.

Leandro não quis saber. Acho que a expressão do rosto dela — como se fosse ela a ter o direito de se sentir ofendida — o irritou mais ainda, e ele, em dois passos largos, já estava abrindo a porta dos fundos para sair, antes que a garota conseguisse descobrir uma maneira de dizer à mãe que não era bem assim como eles tinham dito, que nem o Leandro e muito menos ela detestariam ser igual a *eles*, que ela nem sabia por que tinha dito aquilo e foi só porque tinha lhe dado raiva o que o Leandro disse.

Mas não deu tempo. Leandro já não estava mais lá, Teresa já havia trocado a tristeza por abrir casualmente um armário de enlatados, e Dedá acabou não dizendo nada. Foi para o quarto catar alguém para quem telefonar.

Bem tarde da noite, Dedá acordou morrendo de sede. Levantou-se, foi para a cozinha, e lá deu com a mãe.

Teresa estava sentada na cozinha, lendo jornal e tomando uma cervejinha no gargalo. A princípio, constrangida por ser pega em flagrante, ficou vermelha, mas depois deu de ombros e perguntou se Dedá queria que ela fizesse um sanduíche ou qualquer outra coisa. No que Teresa falou em sanduíche, Dedá sentiu vontade. Daí, Teresa se levantou da cadeira, levou sua cervejinha e foi para junto da pia. Mesmo com a mãe de costas, Dedá sentia como se os olhos de Teresa estivessem cravados nela.

De repente, sem se voltar, ela começou a falar (Dedá, anos e anos depois, lembraria aquilo que sua mãe disse, e, com lágrimas nos olhos, pela lembrança e pelo momento, sem se conter, repetiria tudo para uma de suas filhas... Mas aqui não é essa a história que conta.)...

Teresa disse:

— Eu sinto... uma coisa tão gostosa quando sei que vocês todos estão em casa... Pode ser de manhã, cedo, com cada um em seu quarto ainda, dormindo, e seu pai no banheiro, se preparando para ir trabalhar. Pode ser num final de tarde de domingo, desses que, de vez em quando, a gente cisma de fazer pipoca no micro-ondas para todo mundo, sem ninguém pedir. Pode ser qualquer hora em que... minha casa está *completa*. Minha casa, minha família... Em que estamos todos juntos, todos próximos e eu... Não tem a ver com não sentir medo que alguma coisa ruim aconteça, não. É que eu gosto de saber que estamos todos debaixo deste mesmo teto. Eu me sinto bem. Sinto que tenho tudo o que eu quero e o que eu sempre quis. Sinto que a vida é boa. Que vale a pena. É uma coisa... É felicidade! Eu... vou sentir muita falta disso, Dedá... muita...

Daí parou um segundo, esfregou o rosto e disse, lhe entregando o sanduíche num prato:

— Boa noite, Dedá. Vai comer em seu quarto e depois dorme, tá? Não se preocupe, está tudo bem na nossa casa.

DEZ

O QUARTO ESTAVA TOTALMENTE ESCURO.

Mesmo assim, ela viu (ou sentiu) a tampa do baú se abrindo... Chamando-a para ver o que havia lá dentro.

Então, Dedá acordou.

Por um instante, ficou sem se mover, na cama, ofegante.

Então, escutou alguma coisa. Um ruído... seria o telefone?

Ela já ia saltar da cama, quando, ainda de olhos fechados, brecou de repente. Não estava reconhecendo a campainha.

Ou melhor...

Tinha certeza de que aquele não era o telefone da sala. Nem nenhum aparelho da casa.

Além do mais, era um toque estranho. Ao mesmo tempo perto demais e longe demais.

Aliás, agora que escutava melhor, teve a certeza também de que aquele toque... ou melhor, aquele som, não era de telefone nenhum. Soava como uma sineta, trazida de algum lugar que não era ali.

Algum lugar que não era ali...

Dedá teve um arrepio percorrendo seu corpo todo, como um choque, que a pôs num estalo sentada na cama e de olhos arregalados.

"Tem alguém... chamando lá de dentro", pensou a garota.

E o "lá" ali não era outro senão o baú do Tio Quim.

Se não estivesse escuro, daria para ver os olhos de Dedá fixos no canto onde estava o baú. Mesmo sem ela desvirar, sua mão virou para a mesinha lateral, procurando o botão do pequeno abajur que *devia* estar ali em cima.

Devia, apenas devia. Porque não estava mais.

Quando se deu conta, já fazia mais de um minuto que Dedá estava tateando o local vazio sobre o tampo da mesa, sem encontrar nada. E, se demorou tanto tempo, foi porque continuava escutando coisas esquisitas, vindas "lá de dentro". Eram sons baixos, baixos demais para ela ter certeza de qualquer coisa. Mas agora parecia pipoca, presa dentro do saco, num micro-ondas... algo invisível agindo dentro de cada grão, mudando sua forma, sua natureza, despertando-o, fazendo-o... pipocar.

E foi quando finalmente se deu conta de que o pequeno abajur — um de seus objetos queridos — havia desaparecido. O nervosismo havia tomado primeiro a ponta de seus dedos, depois ela inteira: Dedá saltou da cama e correu para a porta.

Eram três metros de trajeto, que ela costumava vencer em dois pulos, ou quatro passos, ou numa escorregada, mas não agora, quando ela tinha a certeza de que a tampa do baú se abrira, que alguma coisa ia interceptá-la, agarrando-a com braços molengas feito lesma, gelados, compridos, dedos deformados; ou que iria puxá-la para trás, cruelmente, pelos cabelos e derrubá-la, mas que nunca, nunca, conseguiria chegar à porta, no escuro, e havia aquela coisa com olhar cravado nela, se aproximando, se aproximando, quase tocando-a por trás...

A porta se abriu diante dela, e um vulto entrou no quarto. Dedá soltou um berro e caiu para trás. Ela tentou fugir se arrastando. Talvez tenha pensado em se enfiar debaixo da cama. Já não sabia mais o que estava acontecendo. Foi agarrada, revirada, começou a se debater. E demorou dolorosos segundos até compreender que o que chegava ao seu cérebro agora era uma voz conhecida.

— Bela! Bela! Acorde, filha! O que está acontecendo? Acorde.

— Eu não estou dormindo, juro que não estou. Tem uma coisa querendo me pegar! Papai, me salva! — arfou a garota.

— Bela, abra os olhos!

A ordem foi mansa e firme. Tão familiar agora, que a garota imediatamente parou de se contorcer e obedeceu, abriu os olhos. O quarto estava parcialmente iluminado pela luz do corredor. Leandro, olhar preocupado, estava curvado sobre ela.

— Eu juro... — disse a garota, soluçando. — Que não foi... sonho. Tinha uma coisa, tinha... e saiu... dali!

Bela apontou o baú. Leandro seguiu o dedo dela com o olhar, depois a trouxe para junto de si, abraçando-a...

— Acalme-se, filha... — ele disse, e a ficou segurando até Bela parar de tremer. Então, disse: — Você quer ver o que tem dentro do baú...?

Bela sentiu o coração dar uma cambalhota, e não conseguiu responder. Leandro, sempre segurando gentilmente a mão dela, levantou-se e a puxou para se levantar também.

— Venha, filha... vamos abrir o baú — ele disse.

Mesmo sem forçar, não a deixou mais vacilar. Na cabeça dela, protestos surgiam, e eram quase simultaneamente apagados, como dizer que o Tio Quim não ia gostar se mexessem com o baú. Não disse nada, somente acompanhou o pai, que continuava conduzindo-a pela mão. Leandro acendeu a luz do teto e logo estavam os dois, juntos do baú. Sem se deter nem

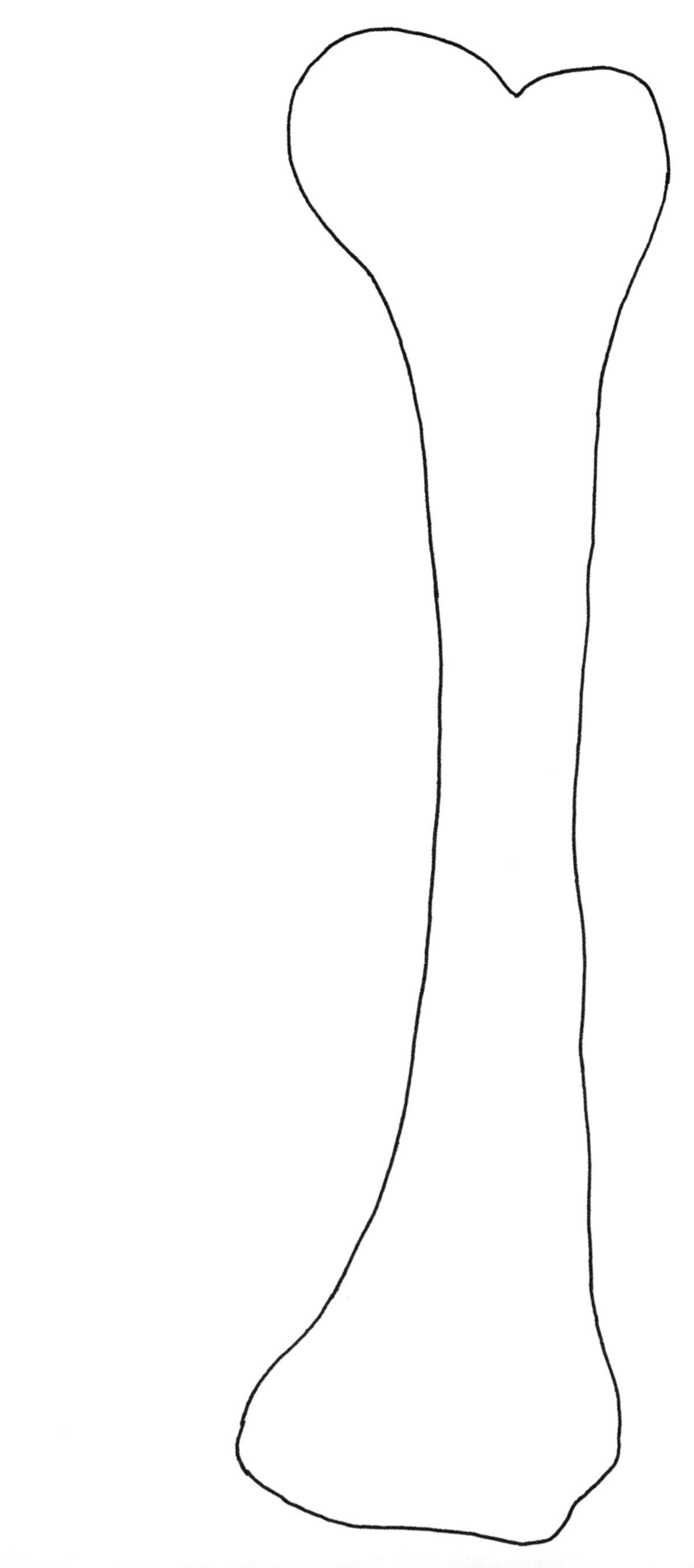

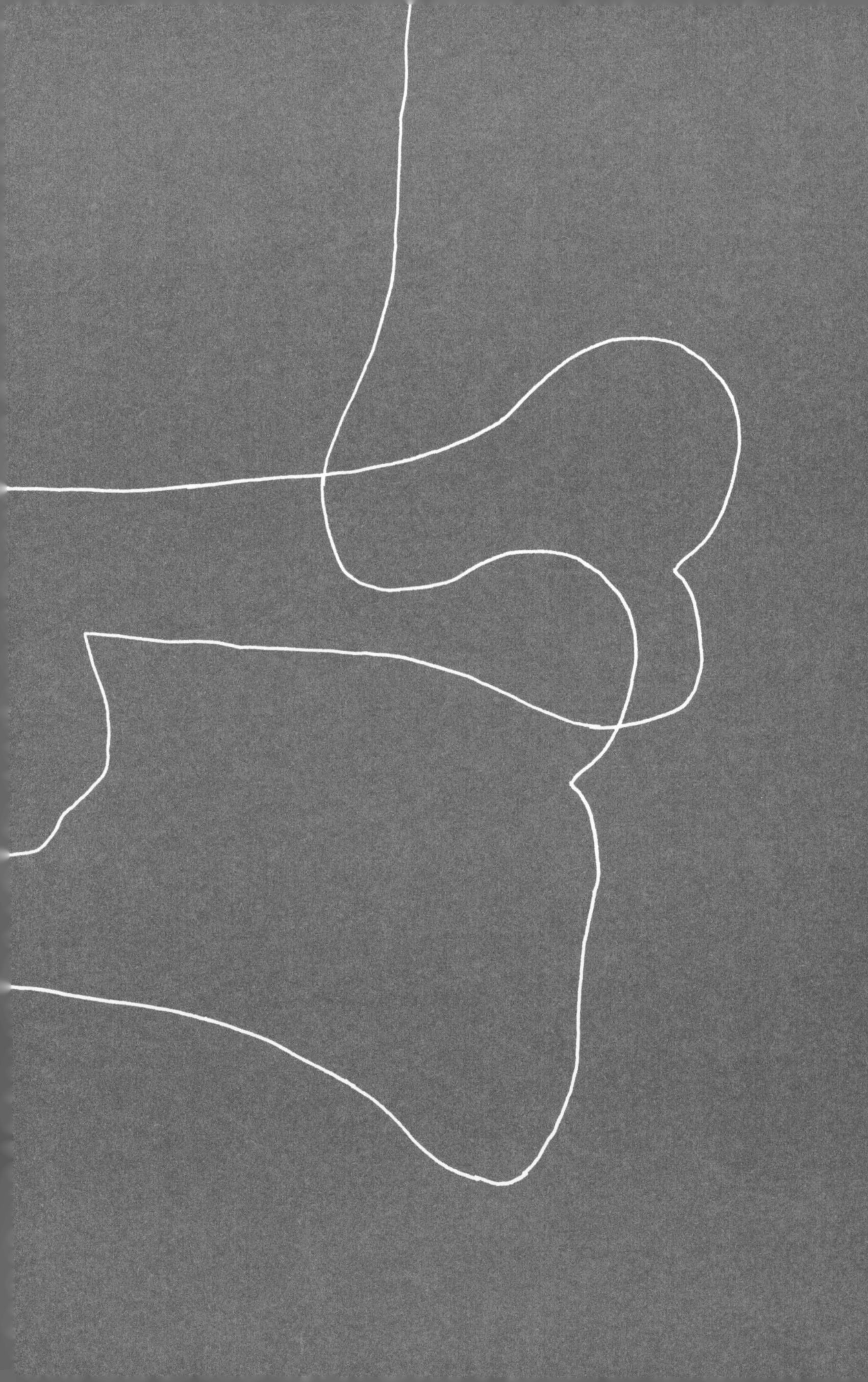

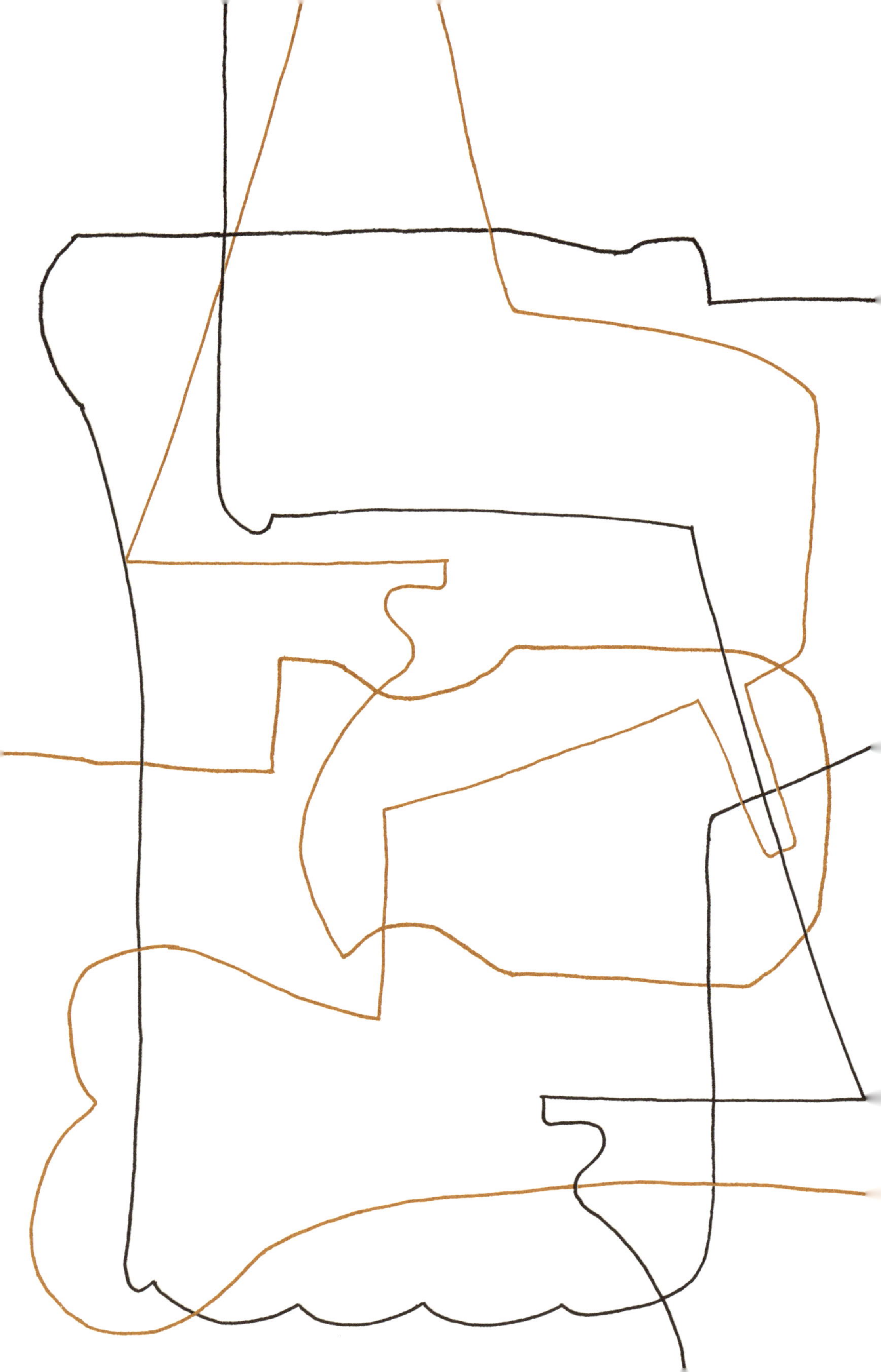

fazer suspense, Leandro abriu a tampa. Dedá engoliu a respiração e agarrou-se ao pai... e de repente gritou:

— Papai! Não!

O pavor da filha era tão autêntico, que Leandro deteve seu gesto. A tampa do baú caiu, pesada, fechando-o.

— Por favor... — gemeu Dedá... — Por favor...

— Mas, do que você está com medo?

— Eu... não sei. É uma coisa que eu sinto... Uma coisa chegando.

— Mas, o quê? Não pode ser o Quim, não é?

Dedá, que por um instante do qual ia ter um bocado de vergonha, pela manhã, havia retornado aos seus cinco anos de idade, balançou a cabeça, sem palavras...

— Eu vou tirar esse baú do seu quarto, certo, Dedá?... prometo. Mas... juro que você não precisa ter medo de nada. Só tenha um pouco de paciência, que eu arranjo um lugar para ele. Só não queria jogar fora porque...

— Porque é do Tio Quim...

— É... isso mesmo. É tudo o que me resta do meu irmão Quim...

— Eu não estou mais com medo, papai — disse a garota beijando a bochecha de Leandro, que corou, brevemente, e a seguir tornou à sua compostura de sempre e disse:

— Vamos voltar a dormir, então?

ONZE

DEDÁ ESTAVA ACHANDO QUE JÁ IA DEMORANDO demais. Duas ou três vezes por ano, sua tia, Estela, aparecia com uma cara meio avermelhada, entrelaçando sem parar os dedos, volta e meia lançando olhares para Dedá. E eram olhares de súplica. Nessas ocasiões, Dedá podia apostar que ou sua tia estava morrendo de vontade de ir ao banheiro, e não tinha coragem de sair da sala porque todos iam perceber, ou queria lhe contar que havia arranjado um namorado novo. É que Dedá era sua cúmplice naquela casa — e talvez, assim suspeitava a garota, a única cúmplice no mundo, a única a quem Estela tinha coragem de confessar suas paixões repentinas.

Aliás, essa mania, parecia que Dedá havia herdado da tia. Ela também tinha paixões repentinas. E, como Estela, sempre por caras perigosamente bonitos. A última tinha sido um relâmpago — ou coisa que o valha — que a atingiu num *shopping* na hora em que viu Theo.

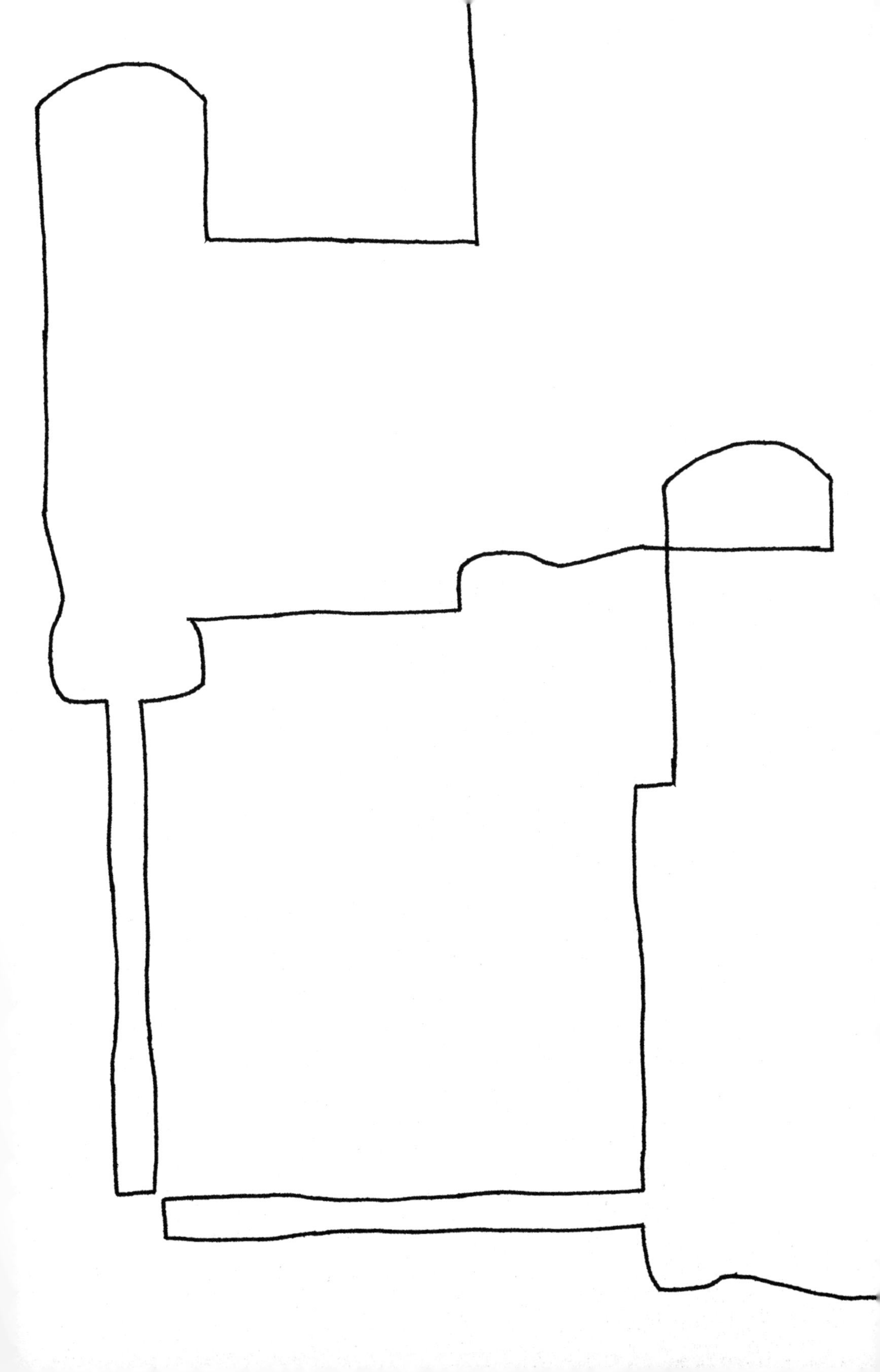

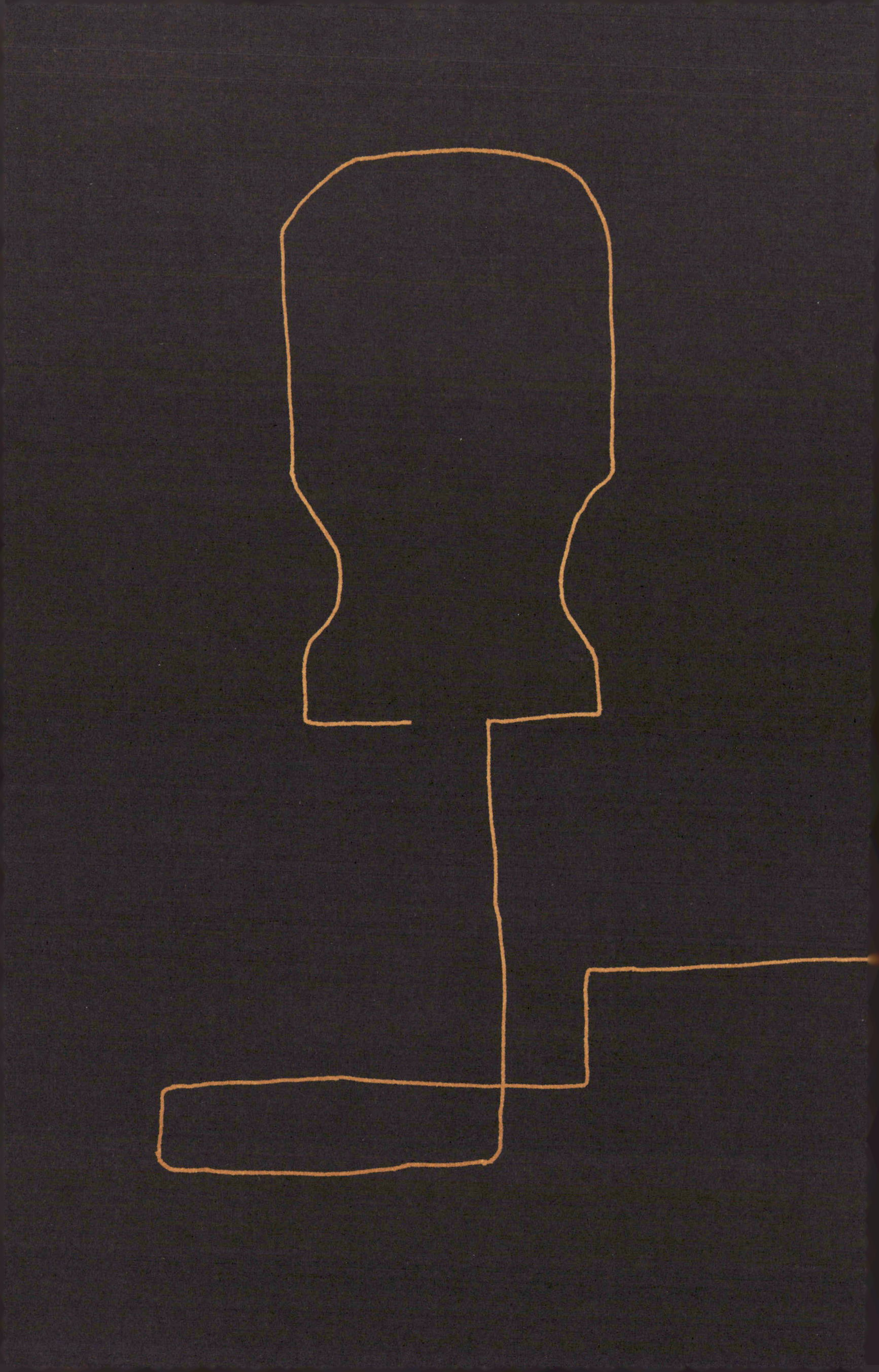

No instante em que bateu os olhos nele, ela jurou para si mesma que nunca tinha visto um cara tão bonito. Ele estava descendo a escada rolante, ela estava subindo, os dois cruzaram olhares no meio do caminho, por dois segundos, e nem bem Dedá pôs os pés no andar já estava apaixonada. Daí, foi correr para pegar a escada de descida. Uma amiga que estava com ela, protestou:

— O que é que você está fazendo? A gente acaba de vir lá de baixo!

Dedá não parou para responder. Aliás, nem pensou em responder, nem se preocupou se a amiga vinha atrás dela ou não. Somente se deteve às costas de Theo, que nesse momento via uma vitrina de tênis. Dedá fechou os olhos, respirou fundo, e concentrou-se toda num feitiço: "Vira pra mim! Vira pra mim agora, garoto bobo!"... E, de repente, ele se virou e sorriu, olhar cravado bem nos olhos dela. Dedá quase foi a nocaute. E a amiga, atrás dela, sussurrou: "Você tem de me ensinar como consegue fazer essas coisas!".

Dedá e Theo ficaram meses e meses namorando. No momento, estavam... "dando um tempo"... sem saber exatamente por quê.

— O caso — comentou Estela quando escutou a história — é que você tem quatorze anos. Eu faço a mesma coisa e tenho quase quarenta.

— ...Quase? Não é o que a minha mãe diz... — ameaçou Dedá.

Estela fez uma careta.

Por todo esse passado de rolos compartilhados entre as duas, Dedá não estranhou quando viu Estela daquele seu jeito conhecido, aflita, precisando conversar com ela, e rápido.

— Quem é ele? — perguntou Dedá.

— Ele quem? — replicou Estela.

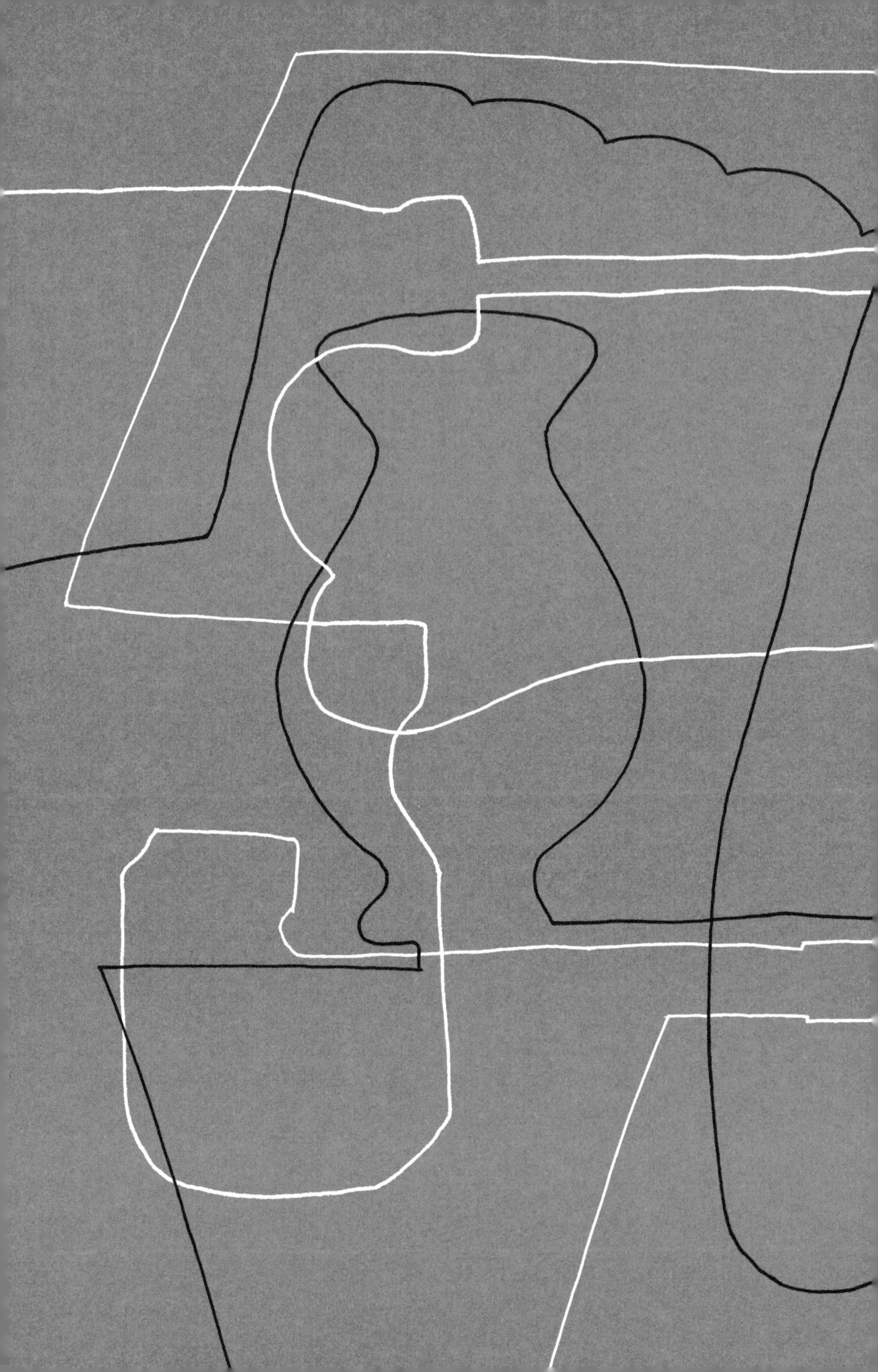

— Ora, o seu namorado novo.

— Como é que você sabe, garota?

Dedá riu, em vez de responder...

— Só que meu namorado novo não é tão novo assim. Já faz uns quatro meses.

— Puxa... — e isso sim foi uma surpresa para Dedá. — Como você aguentou todo esse tempo sem vir me falar?

— Quer dizer... — falou lentamente Estela, raciocinando no toque que Dedá estava lhe dando — ...que eu sempre venho correndo para contar a você? Sempre...

— ...Que arranja namorado novo. Falhou dessa vez por quê?

Estela riu de si mesma... Depois, balançou a cabeça, pensando alto, sem olhar para Dedá...

— Vai ver que é porque desta vez é diferente... — Daí se voltou para a garota e completou: — Olha só, eu nem vim falar sobre isso com você, hoje.

— Não veio? — espantou-se Dedá. E sentiu uma dorzinha lá por dentro, vontade de dizer: "Ei, alguém pode brecar esse mundo, um instante? Por que tudo está mudando de repente?"

— Mas, tenho uma coisa pra gente conversar, sim, e tem a ver com meu namorado novo.

— Ah... — reanimou-se Dedá.

— Ele mandou um recado para você. Eu estava aflita para lhe passar o que ele disse...

— Hem? Como? Nem sei quem é o cara.

— Ora, mas claro que sabe. E ele conhece você também... Eu só não disse que ele era meu namorado, quando...

— Você conseguiu esconder uma coisa dessas de mim? Estela! — a garota estava sinceramente admirada. E enciumada. — Assim, vou ter de começar a chamar você de *tia*.

Estela arregalou os olhos, sem saber o que dizer... Finalmente, arriscou:

— Ele... é o Tobias... lembra?

— O... — Dedá engasgou, não conseguia acreditar. Seu rosto ficou pálido de medo... — O interface com os defuntos...?

— Dedá, por favor, não debocha. É sério. Ele mandou uma mensagem... quer dizer, recebeu uma mensagem que é dirigida a você.

— Eu não quero saber! — disse Dedá, elevando a voz. As duas estavam sentadas num sofá da sala. Aliás, Dedá acabava de se lembrar que a tia havia vindo até o quarto da garota e a chamara. Não quis entrar... não quis conversar lá dentro... Mas quem poderia escutá-las, a não ser... — Não quero saber mesmo! Tchau!

A garota fez menção de se levantar. Mas Estela pousou a mão no braço dela tão suavemente, que Dedá arriou, desarmada, de volta no sofá.

— Acho que vai ser bom para você saber, Dedá... Ele pediu que eu lhe dissesse que todo esse mistério tem a ver com Creta...

— Hem?

— Creta... você sabe... na Grécia. Uma ilha no Mediterrâneo.

Dedá estava zonza.

— E o que mais ele disse?

— Mais nada, só isso, que o mistério todo, o baú do Quim, essa história, tudo tem a ver com Creta. O Tobias não controla essas coisas. Ele apenas...

— Já sei... entrega a bomba sem certificado de garantia!

— Dedá, é bem mais do que isso. Ele...

De repente, Dedá acordou para outra coisa:

— Não acredito! Você está *mesmo* namorando aquele cara?

— Ele... eu... estou... estou...

— Não, peraí. Ele é baixote. Careca. Tem barriga. Fala

com fantasmas. É o sujeito mais estranho que eu já vi. Você é linda, *sexy*, alegre, inteligente...

— Eu estou totalmente apaixonada por ele, Dedá. De um jeito... tranquilo. Sabe aquele meu pânico, do *fantasma do armário*...? Perdi, só de conversar com ele. Bem, perdi *quase* todo! Tenho ainda... um pouquinho, mas... O Tobias me faz... bem! Eu fico em paz junto dele. E ao mesmo tempo me mexe... lá por dentro, sabia?

— Lá... por dentro?

— Isso... isso também!

— Não... a-cre-di-to!

— Dedá... — Estela sorriu.

E sorriu de um jeito que Dedá viu que era simplesmente... diferente. Diferente de tudo que ela conhecia de Estela. A garota ergueu as mãos e as deixou cair molemente no colo. Fazer o quê?

DOZE

NA BIBLIOTECA DE SEU COLÉGIO, NO DIA seguinte, Dedá encontrou um livro cujo título era: *Creta: lendas e mitos*, de uma autora chamada Lua Negra.

— Tá de brincadeira! — disse consigo mesma a garota. Ela inventou esse nome, tirou de um almanaque de feitiçaria, só pode...

Mesmo assim, folheou o livro, encontrou no índice uma ou outra entrada que poderiam interessá-la, foi ao balcão da biblioteca e fez o empréstimo, para levá-lo para casa.

À noite, em seu quarto, deu outra folheada, mais devagar. Havia muitas histórias sobre Creta, inclusive a mais famosa, sobre o Minotauro, mas também sobre as civilizações que havia ali, destruídas e reconstruídas algumas vezes. Mistérios, curiosidades... então chegou no capítulo sobre bruxas.

"Conta a Mitologia Grega que Reia, mulher de Cronos — o casal de ancestrais dos deuses do Olimpo — ao ficar grávida de Zeus, foi se esconder do marido em Creta, porque Cronos devorava todos os seus filhos. O velho Deus do Tempo queria justamente impedir que o tempo seguisse adiante, o que aconteceria, caso as lendas — contando que ele seria morto, destronado e substituído por um de seus filhos — se cumprissem.

Reia deu Zeus à luz e o escondeu numa caverna, onde a cabra Alimateia cuidaria da criança e a amamentaria. No futuro, Zeus de fato derrotaria Cronos e se tornaria o senhor dos deuses do Olimpo. Mas o caso é que o mito grego não destaca a ilha de Creta à toa.

Segundo fortes indícios, lá se desenvolveu uma sociedade pré-histórica na qual a magia, principalmente conduzida por mulheres, era predominante. Por alguns restos de estatuetas encontradas, é possível que parte desses rituais tenha vindo do continente, mais precisamente de uma região chamada Anatólia, onde hoje se localiza a Turquia, porque essas figuras se parecem com a Deusa-Mãe que, por lá, quase seis mil anos antes de Cristo, era chamada de *Ana Tanriça*, mas que já teve muitos nomes, como *Kubaba*, para os hititas, e *Cibele*, para os frígios — a deusa que ostentava uma centena de seios e que comandava a ordem cósmica. Muitos acreditam que a bruxa Circe, citada por Homero, na *Odisseia*, é uma descendente dessa mesma tradição mágica. O fato é que, até hoje, há uma misteriosa seita de dançarinas, no interior de Creta, que executam bailados rituais antigos, e que sempre estão acompanhadas de cabras, nas cerimônias fechadas exclusivamente para associados, ou representadas por estatuetas de deusas que exibem os seios e trazem serpentes enroscadas nos braços. Megalíticos circulares — curiosas e até hoje indecifradas marcações no terreno com grandes blocos de pedra — podem ser encontrados, atualmente, assim como estranhas caixas, feitas de pedra, onde se dizia que as bruxas guardavam o espírito de suas presas, geralmente do sexo masculino.

Ao que consta, ninguém de fora dessas seitas jamais teve contato com uma dessas sacerdotisas, que podem levar uma vida normal, à luz do dia, e realizar, sob as trevas da noite e das cavernas, seus cultos, secretamente...”

Dedá fechou o livro, sem saber o que pensar de tudo aquilo. Havia dados ali que eram familiares, cheiravam às aventuras de Tio Quim — “E se a tal caixa dos espíritos for... uma espécie de baú...? Quer dizer, e se o baú do Tio Quim...?”. Assim, resolveu que precisava conferir essas coincidências e que voltaria à leitura no dia seguinte. Porém, seus planos não deram certo. Quando voltou do colégio e se lembrou de procurá-lo, o livro havia desaparecido.

Claro que o baú levou a culpa.

Considerou a ação como *queima de arquivo*.

TREZE

DEDÁ NÃO SABERIA DIZER, AO CERTO, QUANDO Leandro começou a namorar a Tina. Lembrava uma tarde, quando atacava a geladeira, depois de chegar do colégio, e a mãe lhe disse:

— O Leandro Filho está com uma namorada nova.

— E daí? Ele arranja uma namorada nova toda semana... —, respondeu a garota, meio de lado.

— Mas essa já tem uns meses... —, Teresa insistiu. Sem parar o que estava fazendo nem olhar para a filha. Só disse aquilo e...

Mais nada.

E foi mais ou menos ali que Dedá começou a ter antipatia pela Tina, sem nem saber que era esse o nome dela.

Foi Leandro quem inventou o apelido de Dedá, quando ainda a carregava no colo... Ou foi ela que, na pressa de se apresentar a ele, desde cedo, esqueceu de aprender a falar primeiro. É, tinha essa história rolando também, na família, de que foi a garota que começou a chamar a si mesma de Dedá.

Dedá qué Dando!

Bela quer Leandro.

Teresa tinha uma maneira especial de chamar o filho. Sempre dizia, encompridando o nome: *Leandro Filho*. Pausa logo depois do *Leandro*, expectativa breve, com estilo, e acento conclusivo no *Filho*. Dedá dizia que era para não dar parafuso na cabeça, por causa do seu pai. Já Dedá agradecia por nunca chamar seu pai pelo nome, mas de *pai*, daí podia chamar o irmão de Leandro sem complicação.

O caso é que Teresa, quando teve aquela brevíssima e provocadora conversa com a filha, já sabia — o Leandro contou a Dedá depois — que a garota que ele estava namorando se chamava Tina. E Teresa não veio para Dedá, dizendo: "Seu irmão está com uma namorada nova. Uma garota chamada Tina...". Não, ela não lhe disse o nome dela. Não quis dizer ou não conseguiu. Logo Teresa, que adorava dizer o nome de tudo e de todos muito bem dito.

Mas Teresa soube deixar alguma coisa sem dizer. Só que demorou uns dias — e mais umas coisas soltas que foram acontecendo — para Dedá perceber o que a tinha incomodado. Não era só o namoro do Leandro, mas a sensação, desde aquela hora, de que faltavam coisas naquela conversa.

Coisas que Teresa nunca diria à filha — disso Dedá já deveria saber!

O caso é que, desde que era neném, Dedá escolhera o Leandro *para ela*.

E ele jamais se queixou.

Por exemplo, quando alguém a contrariava, ou quando seu pai ou sua mãe (era ela, na maioria das vezes, encarregada dos confrontos) brigavam com Dedá, a menina, pequena então, esperava o Leandro chegar em casa para se queixar. E fazia questão de que ele fosse reclamar com os pais em nome dela. Sentia-se *vingada*.

E ele ia, indignado.

Brigava com eles por terem brigado com sua Dedá.

Era ele quem consertava os brinquedos queridos que Dedá quebrava (...sem querer, e chorava depois... Leandro não conseguia suportar sua Dedá chorando).

Se ela perdia alguma coisa (naquele tempo ainda não existia o baú do Tio Quim), pedia para o Leandro procurar... E ele sempre achava.

Era isso, Dedá já sabia, confiava, que ele sempre ia achar o que ela houvesse perdido (ou que ia dar um jeito de lhe comprar outro objeto, igualzinho ao que ela tinha perdido).

Todas as suas perguntas de menina, o que era isso, o que era aquilo, por que isso, por que aquilo, foi ao Leandro que ela fez. Era só a ele que ela dava o direito de lhe responder, e em ninguém mais a menina acreditava.

Sabia que deixara o irmão sem graça, algumas vezes, com as perguntas que começou a fazer, de um certo momento pra frente, tipo aquelas coisas que ele, muito vermelho e quase gaguejando, só conseguia responder: “Por que, eu não sei, Dedá... Mas que não pode, não pode. Não pode, tá?”.

Só dele é que ela ia aceitar um *não pode* desses, tão sem acompanhamentos. Mas, ele dizendo, Dedá aceitava e repetia: “Tá, então não pode!”.

Claro que as perguntas de quando ela foi deixando de ser menina, não fez mais para o irmão. E também desconfiava um pouco das respostas que a mãe iria dar. Apesar de Teresa dizer, às vezes um pouco escandalosa e publicamente demais para o gosto de Dedá, que estava “pronta para iniciar a educação sexual de sua filhinha", a garota sabia que a mãe ia inventar muito e rodear outro tanto. Ainda bem que, para essas emergências, lá estava Estela, a adolescente eterna, infiltrada no mundo adulto, para lhe explicar tudo, como gostaria que tivessem lhe explicado, anos atrás.

Entretanto, fora a necessidade prática, as perguntas que o Leandro respondeu, dessas ela gravou todas as respostas, o momento em que perguntou, a cena, a cara dele, ao responder, o jeito como enrolava, quando mentia que sabia a resposta, ou quando tentava evitar responder.

Dedá percebia, mas nunca disse a ele que percebia.

A garota sabia que ia ficar desesperada se a Quica, a caçula, tivesse feito a mesma coisa em relação a ela, quer dizer, *escolhido a ela*, como ela escolheu o Leandro. Mas a Quica sempre foi diferente de Dedá. Desde muito pequena, ela tinha seus modos de dizer ao mundo que não precisava de mais ninguém. Quem quisesse chegar nela, tudo bem, ela recebia (ou não) com um sorriso, brincava, e, quando perdia o interesse, virava as costas e ia cuidar da vida. Na idade dela, agora, seis anos, Dedá não desgrudava do Leandro. E ele, com toda a generosidade, a aceitou. Reservou um lugar para a menina, junto dele, sempre.

E sempre lhe deu certeza de que esse lugar não iria faltar.

"Até ele me trair", era o que Dedá sentia lá no íntimo, sem conseguir dizer... "E numa coisa dessas é que não se pode trair a quem se gosta... A não ser que não goste mais..."

Leandro já estava terminando a universidade — foi no último ano que conheceu a Tina — quando começaram a se manifestar os sinais, as pistas de que algo ia mudar na vida da família. Eram os muxoxos do pai, estalando de repente, lá do canto dele, sentado na poltrona que tem o seu cheiro, e no meio de um filme qualquer, ou entre uma página e outra do jornal, e sem ninguém entender por quê. E os olhares faiscando subitamente entre ele e o filho (o favorito!, ele mesmo, *o Leandro*) na mesa, e as risadas mais altas do que de costume da mãe de Dedá, sua eletricidade de sempre, mas agora em crepitações e curtos constantes, prenúncios de pane geral. Isso, além do jeito do Leandro (o Filho) daqueles dias, que entrava em casa e saía a jato.

Dedá nem sempre se dava conta disso, envolvida, como os demais membros da família, nos rolos intermináveis de sempre. Naquele lar, demorava-se a se perceber que alguma coisa saíra do lugar...

Ano e meio antes, ou coisa assim, no dia em que Leandro comprou a moto, correu logo para casa. Dedá era a única que sabia o que ele ia fazer, e já estava esperando. Ele entrou — estava todo mundo na sala — e trocou uma piscadela com a irmã. Dedá fez uma careta como quem pergunta: "Vai contar agora? Tem certeza?". E ele respondeu com outra careta: "Vai ou racha!".

Daí, disse em voz alta:

— Quem vai querer dar um passeio comigo para estrear minha moto novinha?

O pai sequer teve tempo de entender o que havia escutado; nem a mãe, de considerar que podia não ser uma das brincadeiras de Leandro, porque, mais rápido do que o susto deles, Dedá, já ensaiada, pulou de pé e gritou:

— Eu! Eu!

— Então, vem! Está lá embaixo.

Pronto, era oficial agora, e sacramentado. Fato consumado. Parte da casa.

Dedá se pendurou no Leandro, e foram saindo, enquanto Teresa tentava articular:

— Mas, Leandro Filho... uma moto...? Leandro (pai)...?!

Dedá e Leandro sabiam que, até resolverem entre eles

quem deveria fazer alguma coisa e o que, ela e o irmão já teriam dado uma volta ao planeta.

Uns dias depois, quando, moto para cá e moto para lá, já não havia mais como estranhar, Teresa prensou a filha:

— Vocês armaram tudo pelas nossas costas, né? Como sempre, você e o Leandro.

Dedá riu, mas não confessou.

A garota sentia que mais uma vez Teresa estava reclamando, muito magoada, de ser excluída das conspirações. Era o sonho dela que Dedá e Leandro a incluíssem na gangue.

— Acho que D. Teresa engoliria qualquer coisa para ser uma de *nós* — comentou Dedá com o irmão.

— Ou para nós sermos o *bando dela*... — disse Leandro. — Acho que ela quer é ser nossa *chefa*.

Mas, nunca foi assim. O bando era Dedá e Leandro.

("Mas, hoje em dia, fiquei só eu", pensava ultimamente Dedá. "Não somos mais um bando.")

Naquela tarde em que o Leandro desceu com a irmã para o passeio de estreia na moto... faltava pouco para Leandro estourar de felicidade:

— Olha como ela é linda! Olha como... é o máximo, não é?

E Dedá, perdendo o fôlego de tanta excitação, só ficava repetindo:

— É, sim! É, sim! Linda, é sim!

Leandro olhou desolado para o capacete dele (que tinha deixado estrategicamente com o porteiro, enquanto subia ao apartamento). Era grande demais para Dedá.

— Só uma volta no quarteirão, Leandro! —, a garota negociou.

— Tá! —, ele respondeu, já subindo na moto e colocando-a na garupa. E o que mais a encantou na hora foi perceber que ele só precisava de uma desculpa para largar o cuidado de lado, que estava maluco (tanto quanto ela) para levá-la para dar um passeio naquela moto.

"Para *ME* levar!"

Logo, ela se abraçava nas costas dele, e foi uma delícia... Uma delícia.

Uns três dias depois, Leandro apareceu no quarto da irmã com um capacete e um casaco de couro. Couro negro e macio. Leandro comprara o capacete e o jaquetão de couro para Dedá. Tinha limpado a poupança, depois de comprar a moto, mas abriu um crediário para comprar o jaquetão e o capacete e foi pagando, com o dinheiro de mesada, e de uns bicos de digitação que ele fazia. Ela só usava o jaquetão nesses passeios de moto com o irmão.

Ela pulou em cima do Leandro e o derrubou no chão de tanto beijo que deu nele, até as bochechas do rapaz ficarem inchadas.

— Minha nossa! Um capacete de moto e um casaco de couro só para mim!...

E só ficava imaginando a cena — o pessoal entrando pelo portão do colégio, e vendo-a chegar na moto com o Leandro, vestindo *seu* casaco de couro, carregando o *seu* capacete para a sala de aula.

Era o tempo em que Leandro tomava café da manhã com ela. Ficavam fofocando, riam de acordar o resto da casa e, de vez em quando, muito de colher de chá, a caminho da faculdade, ele lhe dava uma carona na motoca até o colégio.

Um dia, chegaram ao colégio, Dedá saltou da moto, e viu uma garota paradona lá, só olhando. Dedá a conhecia, era uns dois anos mais adiantada, mas tinha uma irmã na classe da Dedá e acabava cruzando com ela, ou quando ia estudar com essa sua colega, na casa dela, ou mesmo no intervalo das aulas.

O que Dedá não aguentou, na hora, foi o jeito dela, muito, muito convencida, se empinando toda, quando disse:

— Aquele ali é o seu irmão, é? Uau!

Faltou pouco para Dedá tacar o capacete na cabeça dela. Mas não conseguiu evitar dizer uma coisa qualquer, como "Vê se te enxerga, pirralha!"

O Leandro iria apresentar a Tina à família logo depois. E aquela foi uma das últimas vezes em que levou Dedá para o colégio de moto. Daí, começou a acontecer de ele parecer aborrecido com a irmã, de vez em quando (e com o pessoal todo da casa, quase sempre), e então, de manhã, ela percebia que ele estava acordado, fechado dentro do quarto, esperando Dedá sair para o colégio. E foi acontecendo cada vez mais vezes, até que ficou tão comum ele não a levar que nem se dava mais ao trabalho de esperar a irmã sair. Passava por ela, na cozinha, e dizia:

— Tchau, Dedá!

Ou não dizia coisa nenhuma, e saía.

Para piorar, Dedá tinha umas manhãs de mau humor...

Quer dizer...

Numa dessas "ainda não manhãs", em que Dedá entrou na cozinha e topou com Leandro, ainda lá, se apressando para terminar o café e bater em retirada...

Quinze para as seis... E Dedá já estava morrendo de raiva da injustiça dessa sociedade que a fazia acordar quando ainda nem era dia claro direito, para ir ao colégio. Ninguém mais na casa estava de pé. Teresa decretou que não tinha mais que lhe dar a "mamadeira matinal" quando Dedá fizera doze anos, ou por aí.

(Quica estudava à tarde, e só levantava aí pelas oito! O pai de Dedá, às sete, para ir para o trabalho — para ele, Teresa nunca deixou de *dar mamadeira.*)

Teresa se reservava para os *grandes* cafés da manhã, os do fim de semana, com direito até a pãozinho de minuto. No mais, toda noite deixava na geladeira a caixinha de suco de fruta separada para Dedá, e a mesa posta, a torradeira engatada na tomada, pedindo para lhe enfiarem uma fatia de pão integral. O potinho de requeijão também estava na geladeira, separado e bem visível, assim como uma metade de papaia, embrulhada em filme transparente. As cápsulas de vitamina estavam num pratinho, também sobre a mesa.

Vai daí, naquela "não manhã" em que Dedá já estava brigada com o mundo e que, para piorar, era dessas em que Leandro ia sair sem falar com ela, Dedá nem sequer sentou-se na mesa de café, e da porta mesmo pediu para ele esperar, correu de novo para o seu quarto e, no que voltou, atirou o jaquetão e o capacete na cara dele.

Mandou ele dar tudo para a Tina.

Depois disparou para o quarto chorando...

...E lembrando, justamente nessa hora (em que queria tanto sentir raiva do irmão)... uma coisa que aconteceu quando ela tinha seis anos... Aquele foi o primeiro Natal em que não havia uma boneca para ela na árvore, quando acordou.

Ganhou uma saia, uma bolsinha vermelha, um jogo de tabuleiro, um estojo com canetas de várias cores... Presentes de quem já era *mocinha*... Mas, naquele Natal, que nunca ia esquecer, nada de boneca, nem de carrinhos de boneca, nem de vestidinhos e acessórios para as bonecas que já tinha.

Depois de abrir todos os seus pacotes, ficou um tempo parada, ali junto da árvore, sem entender. Sua primeira reação, depois que a surpresa passou, foi levantar-se furiosa e correr para reclamar com a mãe. E mais surpresa ainda ficou Teresa:

— Mas... eu pensei que você não ia mais querer.

— Por quê? — gritou a menina, indignada.

Dedá abriu o berreiro.

Teresa, que tem no Natal um de seus momentos de glória preferidos — orgulhava-se de ser uma especialista em fazer da árvore uma montanha de sorrisos para seus filhos — não se conformou com sua falha. Saiu de casa a jato e, quando voltou, trazia uma boneca embrulhada.

Dedá sequer havia parado de chorar, ou melhor, ainda estava soltando uns borbulhos de choro que já não se aguentava, mas continuava insistindo em chorar, ainda mais inconsolável, quando Teresa pôs o embrulho nos seus braços. As lágrimas desapareceram, enquanto ela rasgava o papel e arrebentava a fita adesiva. Ela se agarrou à boneca nova, uma linda boneca de cabelos com luzes e olhos verdes, e não a soltou mais, o dia inteiro. Dormiu com ela, acordou duas vezes e olhou para ver se a boneca estava lá: estava... (O baú do Tio Quim ainda não havia chegado.)

Uma semana depois, já havia enjoado dela e, no Natal seguinte, novamente não havia boneca para Dedá, na árvore. Dessa vez, não foi reclamar com Teresa, mas sentiu uma tristeza... muita tristeza. Não por ter deixado de ganhar outra boneca, mas por saber que nunca mais iria ganhar boneca nenhuma.

— Um dia, a sua alegria vai ser dar uma boneca bonita para a sua filha, Dedá! — disse-lhe a mãe, lendo tudo no rosto da garota.

Daí, foram passando as semanas e um dia o Leandro apareceu com uma rosa amarela para a irmã.

— Pra você, Dedá!

Na hora, ela ficou envergonhada.

Mas adorou.

— Vamos fazer uma coisa... — propôs Leandro. — Todos os anos, neste dia, para nós vai ser *Dia dos Irmãos*, tá?

Dedá riu.

E daí em diante, todos os anos, ela e o Leandro trocavam presentes no *Dia dos Irmãos*.

("Mas Leandro parou de me dar presentes de *Dia dos Irmãos*, depois que começou a namorar a Tina. Que absurdo, né? Que é que tem uma coisa a ver com a outra? Ela é namorada, eu sou irmã. E eu deixei de ser irmã porque ele está brigado com a gente? Mas ele é bem tipo marrento, como... todo mundo nesta casa!")

Houve outras brigas... Muito feias... A pior já foi depois de Leandro ter ido morar com a Tina (detalhe, aliás, que Teresa e Leandro pareciam ter combinado jamais mencionar), depois também do tal jantar em que Leandro contou que iam ter um filho... e numa noite em que Teresa, para fazer as pazes entre o pai e ele, pediu por tudo, chantageou, embirrou que ele tinha de vir jantar "em casa"...

E ele veio.

Sozinho.

E de repente estava berrando com todo mundo, na mesa.

Daí Dedá, que tinha ficado o tempo todo calada, no que o Leandro se levantou sem terminar de comer, saiu atrás dele e o pegou já na porta dos fundos, indo embora. Ela gritou:

— Ficou maluco? Foi só uma piada. O papai vive contando piadas! Qual é, hem?

— Piada racista! —, ele grunhiu! — Não era só uma piada, era... *piada de negro*... E ele sabe muito bem...

— ...Que agora, por sua causa, a gente tem de mudar tudo aqui em casa, não é?

— Eu só quero respeito.

— Mas a Tina nem estava lá. Ele não ia contar piada nenhuma, se a Tina estivesse escutando.

— Mas eu estava!

— E quantas vezes você também já não contou piadas iguaizinhas, hem?

— Vá pro inferno, Dedá!

— Não vou! Vai você.

— Antes... Eu não percebia que não era só piada. Contava... sem saber!

— Então, era babaca. E agora tá é criando caso.

— Tá, a culpa é minha!

— É! Sua!

— É deles! São eles...

— Você é que arranjou essa meleca toda, você...

— Olha o que você está dizendo, Dedá! —, ele berrou.

E a garota já não estava olhando era coisa nenhuma.

— É isso mesmo, você tá estragando tudo aqui em casa, briga o tempo inteiro, vive nervoso... E deixa todo mundo uma pilha também. Está fazendo uma confusão danada à toa!

— À toa?

— É, à toa. À toa! Me dá uma raiva... de você, tá sabendo? De você porque... Droga, Leandro, não tá acontecendo nada de mais aqui em casa! Nada.

— Acertou... eu saí de casa, tô casado com a Tina, vou ter um filho e por aqui não tá acontecendo... nada! Nada! Percebeu que *engraçado*? Você ficou idiota de repente, Dedá?

— Idiota é você! —, ela gritou, dando um tapa nele.

— Ficou idiota, sim, totalmente... Esse nada é o jeito deles de fazer a coisa, e você nem percebe.

— Paranoico! — (outro tapa, Leandro a segurou pelos punhos, ela tentou morder uma das mãos dele)... — É a tal da Tina que anda te botando essas coisas na cabeça?

— Claro que não, como você pode?... Peraí!... Dedá, você percebe sim. Você... Minha nossa, você está fazendo o mesmo jogo deles... Eu não esperava isso de você, não mesmo! Você... eu ia convidar você pra ser a madrinha do meu filho, Dedá!

— Dane-se! Você, a Tina... Não quero ser madrinha *coisa* nenhuma, ouviu? Me larga.

Ele largou, ficou olhando a irmã. Ela disparou para dentro. Teresa já estava ali junto, decidindo se entrava, se ia ver se Dedá e Leandro já tinham se assassinado ou se ainda estavam nas preliminares, apenas arrancando pedaços um do outro. Dedá teve praticamente de passar por cima de Teresa.

E já sabia que o Leandro não ia vir atrás dela. Nisso, eram muito parecidos... nenhum dos dois era de pedir desculpas. Mas o que ela não sabia é que ele ia levar tão a sério o que a irmã disse.

"Juro, juro que isso eu não sabia...", pensava, vez por outra arrependida sem saber que isso era arrependimento... "E que ele não ia conseguir esquecer, que ia deixar o que eu disse ferir, ferir, até o fundo. Deixar, sim! Foi ele que deixou, foi ele que abriu o coração e deixou o que eu disse entrar até não poder mais, até não ter mais volta, e fechou tudo, dentro dele, lá, bem dentro... — para não ter de voltar, para não ter como voltar. Foi..."

Passou o *Dia dos Irmãos* e o Leandro não deu a Dedá o presente *deles*.

Nem ela para ele.

Dedá até comprou o dele, mas não deu porque ele não deu o dela. A garota nunca soube se ele havia comprado o dela também, se os dois presentes ficaram guardados, um esperando o outro.

Talvez.

Então, (Dedá já havia resolvido que não ia mais pensar nisso), uma tarde, depois das aulas, a garota ficou no colégio. Tinha combinado com sua turma de se encontrarem na

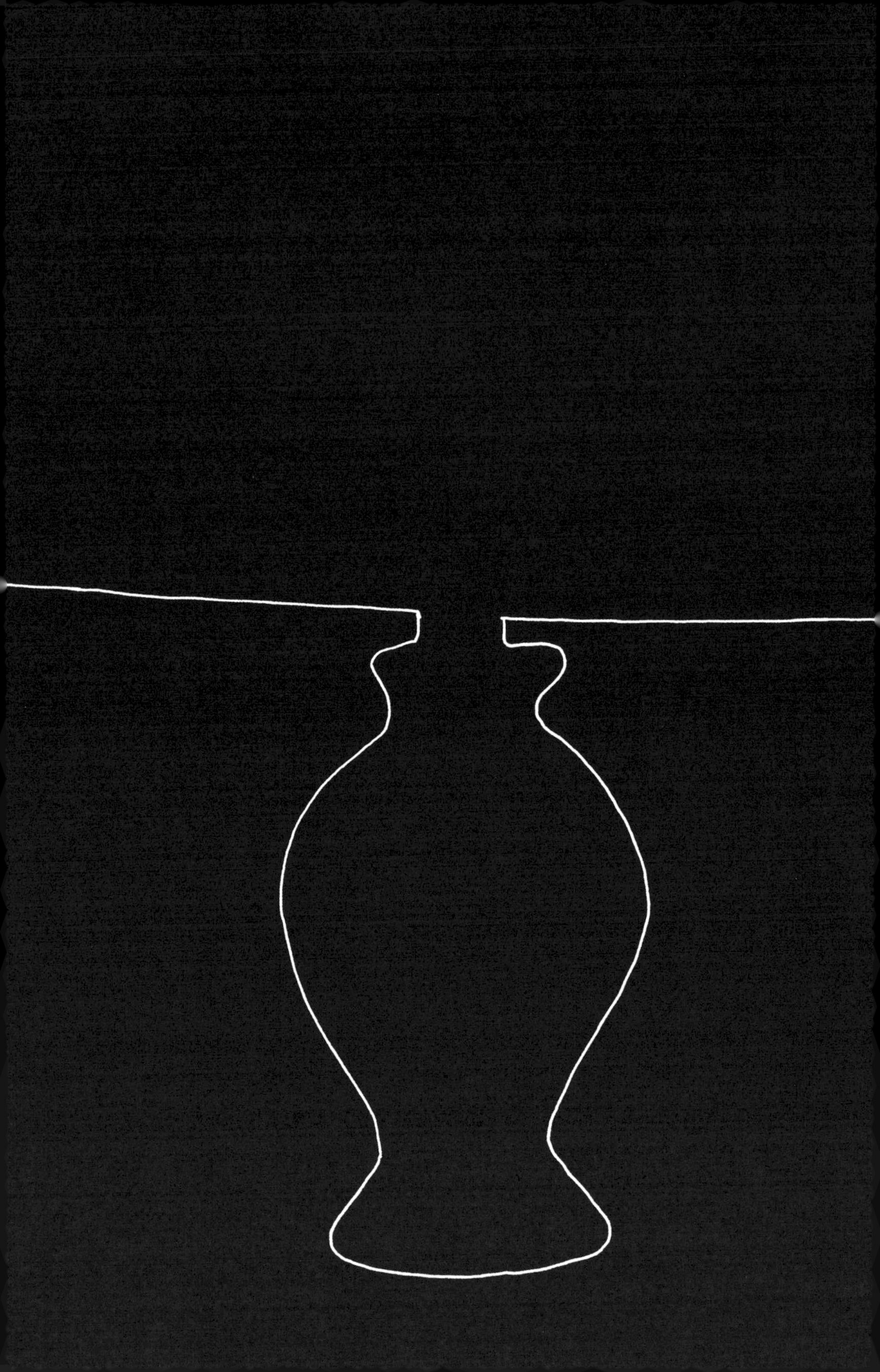

lanchonete, onde almoçou o número 3 (sanduíche de filé de frango com maionese, mostarda etc. e batatas fritas, refrigerante *diet*), daí foram para a biblioteca estudar um pouco para a prova do dia seguinte e depois desceram para a quadra — ficaram jogando vôlei até o final da tarde. Ou seja, ela estava morrendo de fome, imunda, um moleque, quando chegou, mas o que lhe deu mesmo aquela pressa doida de subir foi ver a moto do irmão estacionada em frente ao prédio onde moravam.

O pai e Leandro estavam sentados na sala. No que ela abriu a porta, escutou o pai dizendo:

— Bem, meu filho, eu não me conformo, mas... a vida é sua... a vida é sua.

"De novo!", pensou ela... "*Replay* de neurose! Tô fora..."

Teresa, como de hábito nessas horas, entrava e saía, entre pedacinhos de conversa, soltava palpites e ia ver alguma coisa na cozinha, sem esperar que respondessem; estava e não estava.

Dedá foi dar um beijo no irmão, ele a beijou também, mas sem nem olhá-la direito. Dedá enfiou-se em seu quarto.

Sem pensar, no que bateu a porta atrás de si, avançou para o baú e começou a chutá-lo e a dizer:

— Vai embora daqui! Some da minha vida. Fora! Fora, seu... desgraçado!

Depois, com os pés doendo, meio rouca já, de tanta excitação, mas sem chorar, atirou-se na cama.

Não chegou a assistir à briga do irmão com os seus pais. Quica, uma hora, bateu no quarto dela, pediu para entrar, e ficou agarrada nela, muda e tremendo.

Nenhuma das duas dizia uma palavra.

Mais tarde, na mesa do jantar, numa hora em que todos comiam em silêncio, ela disparou:

— É tudo culpa de vocês. Sabem que é, não sabem? O Leandro está se afastando da gente por causa das cretinices daqui de casa!

De fato, ela havia se sentado à mesa já sentindo raiva. Já querendo brigar com alguém. O pai olhou para ela e ficou calado. Mais silêncio, e finalmente a mãe desabafou:

— O Leandro vai largar a faculdade! Na beira de se formar. E ele vai largar tudo. Vai virar garçom!

Já desde que estudava na faculdade, a Tina trabalhava como gerente num restaurante de comida a peso, no Centro. Ela se formara em Psicologia, mas não quis largar o restaurante. E, pelo jeito, havia surgido uma oportunidade de ela comprar uma parte, de virar sócia. O Leandro resolvera entrar no negócio, junto com a Tina — ia vender a moto, a Tina ia vender o carro dela, tinham uma graninha na poupança, e um tio dela, dono de um bar, estava querendo participar também...

— Ele agora está até dizendo que... não sabe se tem jeito mesmo para Direito, que está começando a achar a advocacia muito chata... — Teresa tinha pego corda; falava com uma garfada suspensa no ar... — Mas ele sempre gostou, não é, Leandro? Ele sempre quis ser advogado, como você, não é?

O pai não respondeu, continuava concentrado no seu prato, ou talvez tentando adivinhar qual seria a sobremesa.

E tudo ali estava dando mais raiva ainda em Dedá. Mais e mais raiva... A Quica olhou para ela, assustada, com um mau pressentimento, pedindo em silêncio para ela parar. Para todos pararem. Mas, não...

— Ele mudou... — continuou Teresa. — Nosso filho não vai mais ser juiz, nem diplomata, não vai ter carreira nenhuma... Vai ser empregado de botequim! A gente bem que disse que isso ia acontecer. Não disse, Leandro? A gente estava conversando sobre isso, outro dia mesmo.

E Dedá com raiva.

E, finalmente, a raiva chegou ao ponto em que ela falou:

— Contanto que o neto de vocês não nasça na cozinha... Ou será uma netinha?

Leandro continuava de cara enfiada no prato. Teresa ficou alguns segundos examinando a filha, buscando intenções; depois, não conseguindo se conter, tomou fôlego e disse, com os olhos úmidos, a testa franzida, o nariz inchado:

— O Leandro Filho agora está dizendo que não vê futuro em ser advogado, que advogado tem demais na praça, que ele precisa... ser prático, por causa da *situação*... E que no restaurante vai tirar muito mais! Deve estar confiando... nas gorjetas! Meu filho, vivendo de gorjetas! E o patrão dele de verdade vai ser o tal tio da Tina, o dono de botequim. Meu filho, empregado de botequim! Para aquela moça, tudo bem, trabalhar servindo mesa. Mas o Leandro está é sendo puxado para baixo! Para baixo! E sem perceber! Ele sempre foi tão... ingênuo com as namoradas dele. Tão romântico... eu tive medo disso, sempre, dessa coisa dele de se apaixonar à toa. Quantas vezes nós dois já conversamos sobre isso, não foi, Leandro? Bem que a gente avisou...

E talvez, também, Dedá quisesse experimentar uma coisa, ter certeza... Foi isso:

— E quando o Leandro e a Tina estiverem trabalhando? Pessoal de restaurante dá duro até em feriado, não é? Aí, vocês é que vão ficar tomando conta do neto...?

Teresa lançou um canto de olho para o marido, que ainda comia, por enquanto, sem tomar conhecimento do que a filha dizia. A seguir, encarou de novo. Decididamente

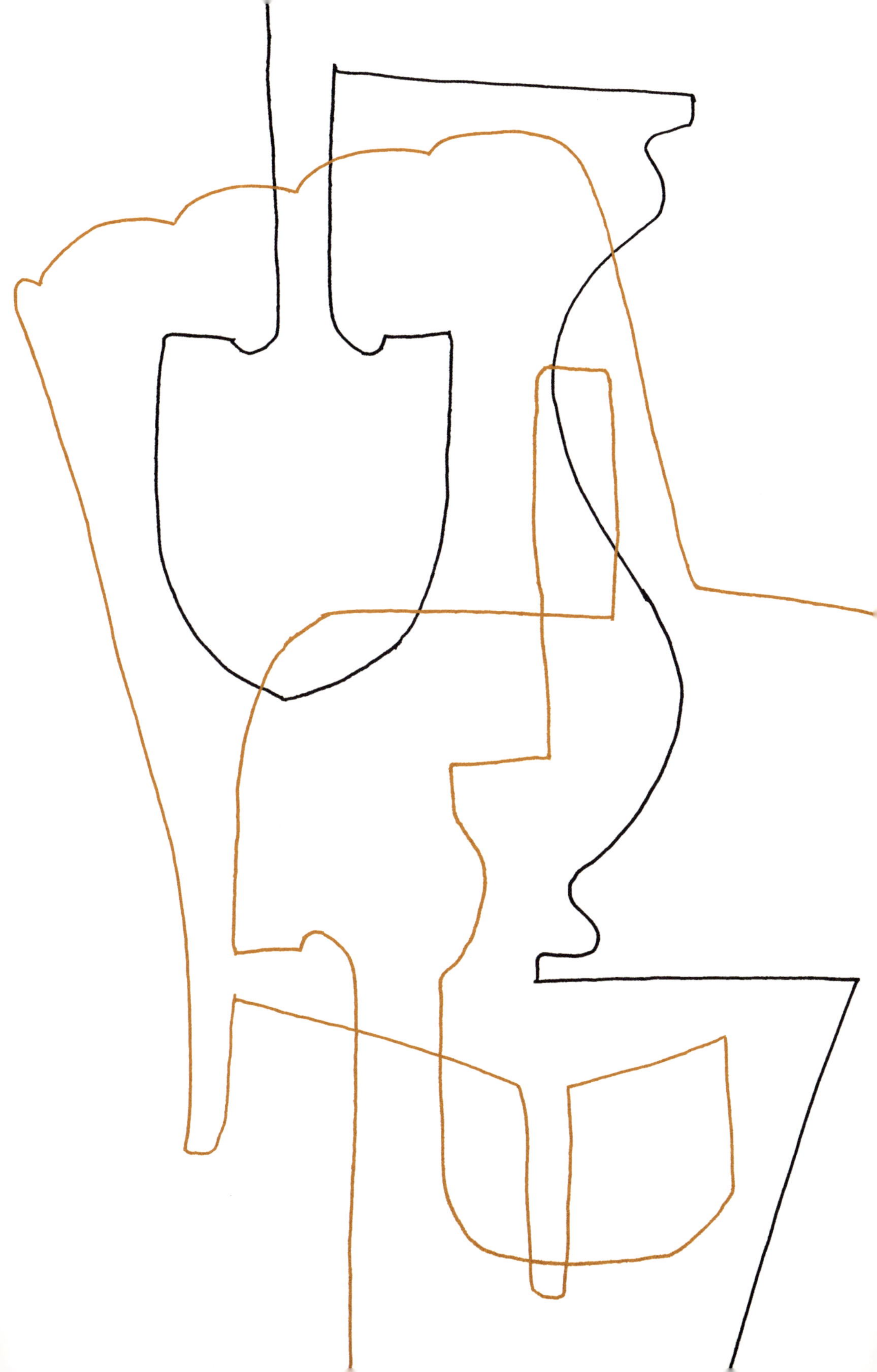

apreensiva... e foi assim que Dedá soube... que estava chegando perto demais... Era como se a garota precisasse que alguém lhe dissesse que a brincadeira havia terminado, e exatamente naquele momento, e exatamente ali. Senão, ela não iria parar.

— O neto de vocês pode dormir no quarto do Leandro. Mas eu é que não vou ajudar a tomar conta dele. O neto é de vocês! —, e completou, inspirada: — De mulher, um cara pode até se separar. Mas neto é para sempre. Leva o sangue de vocês, o nome de vocês...!

O pai de Dedá, finalmente, levantou os olhos do prato. A mãe tentou se erguer, como se fosse se jogar entre os dois. A garota ficou paralisada, somente observando o pai mover lentamente a cabeça, virar-se para ela e, então, dizer:

— Eu não sei de que neto você está falando.

Daí, ele se voltou de novo para o prato e dali não se desviou enquanto não acabou de comer. Teresa então respirou fundo, começou a falar de outra coisa, e o jantar prosseguiu assim até o final.

QUATORZE

ERA POR VOLTA DAS DUAS DA MADRUGADA DE uma quinta-feira, quando a campainha soou. Houve uma pausa, então a campainha soou outra vez — agora, três toques, o último mais longo. Foi nesse que Teresa, em sua cama, abriu os olhos, só então convencida de que não estava sonhando.

Nem precisou olhar para o lado para saber que o marido não despertara. Leandro, em certas ocasiões — toques de campainha em horários que ele julgaria inconvenientes —, se recusava a ser acordado, e com tanta convicção que era o mesmo que estivesse imperturbável, em seu sono mais profundo. E talvez fosse verdade.

Pé ante pé, Teresa foi até a sala e parou diante da porta, que passou a fitar como se a interrogasse, absolutamente perplexa. Na terceira série de toques, assustada, ela se virou e saiu apressada para o quarto, disposta a pôr o marido de pé.

— A campainha? Mas quem é a uma hora dessas? — resmungou Leandro.

— Ora, homem, é justamente isso o que eu quero que você veja.

— O porteiro não interfonou?

— Não. Às vezes ele acha que não precisa.

— Como assim, ele acha? Ele tem de interfonar sempre, é uma questão de segurança. Ainda mais de madrugada.

— Pelo amor de Deus, Leandro. Vá reclamar com a síndica, não comigo!

Na medida em que a discussão prosseguia, poderiam até ter esquecido a campainha e, distraidamente, voltar a dormir sem atender a porta, se lá não tivesse soado uma nova série de toques, mais longos e impacientes. Leandro sentou-se na cama, bufando, girou as pernas para o lado, enfiou os pés nas chinelas e levantou-se, indo para a sala. Teresa o seguiu, cobrindo a retaguarda.

Dedá nunca saberia o que a tinha acordado naquela noite. Com certeza não fora a campainha, já que seria necessário uma sirene antiaérea histericamente disparada ao lado dela para acordá-la. Tentando lembrar, depois, o fato é que já foi dormir com uma sensação estranha — isso já considerando que dividir o seu quarto com o baú assombrado sempre lhe dava uma sensação estranha, na hora de dormir. E ela acordou mais por uma coisa que "sentiu", ainda dormindo, do que por uma razão que soubesse identificar. Apenas arregalou os olhos, de repente, completamente desperta, embora ainda deitada. E *soube* (!!!) que tinha de se levantar, que algo estava acontecendo na sala.

No que entrou, reparou logo naquele sujeito, sentado de costas para ela, falando, gesticulando, rindo... muito à vontade. A garota reparou também que seus pais, de pé, estavam tão obcecados em olhá-lo, que nem notaram a chegada dela, e que se mantinham um colado ao outro, ambos empalidecidos, com cara de quem estava vendo um fantasma.

Vendo um fantasma. A impressão foi tão forte em Dedá que, lá no fundo, ela adivinhou imediatamente quem era o novo personagem.

Quando ele, pressentindo-a atrás de si, ficou de pé e se voltou para ela sorridente, Dedá gravou imediatamente a imagem. Ele vestia *jeans* cheios de bolsos e um camisetão mescla-escuro, com um colete de couro negro, já um pouco gasto. Tinha um cinturão, de couro também negro, e também com aparência usada. A mesma coisa com as botas que calçava... Dedá achou que os acessórios gastos eram todo o charme dele. Sentiu falta de um chapéu de abas largas, também de couro, e quem sabe de um facão de mato embainhado na cinta e um chicote, para corresponder mais à imagem que sempre fizera dele...

— Olá — ele disse, numa voz firme, mas em tom baixo. — Aposto como você é filha desses dois, não é? Puxa, quantas novidades nessa família. Sou seu tio Quim. E você, como se chama, minha querida?

Fantasmas à parte, e além do choque, foi outra a impressão mais forte que a garota reteve daquela cena... Podia até ser que ela estivesse vendo, ali, a alma penada do tio esquisito, caçador de feiticeiras e danações, naufragado e devorado por tubarões, além de desaparecido havia mais de dezesseis anos... Só que alguém, não importando se fosse defunto ou não, com um sorriso daqueles, conseguiria o que quisesse de qualquer pessoa. Apesar da situação, Dedá continuava sendo Dedá, e ficou fascinada: seu *tio-assombração* era "absolutamente lindo. De assustar de tão lindo" (palavras literais de Dedá, ao contar para Estela, naquela tarde, pelo celular, tudo em detalhes, como fora o *show* da madrugada). E tão sedutor em tudo o que fazia, quando se dirigia aos outros, que foi capaz de, até mesmo, provocar risadas numa hora em que Teresa cobrou dele a falta de notícias e o pesar de deixá-los pensando que estivesse morto e ele disse:

— Puxa, nem vi o tempo passar. Juro que não pensei que ainda fossem dar pela minha falta.

QUINZE

— NA VERDADE — DISSE QUIM. NÃO FOI NADA demais. Meu barco naufragou, mas fomos recolhidos do mar menos de uma hora depois, por uns pesqueiros. Os tubarões não apareceram, ainda bem, e uma semana depois eu retomava a viagem. Foi mesmo imperdoável deixar de dar notícias. Você me desculpa essa, viu, Leandro?

Pela maneira calorosa como o olhava, era evidente que Leandro o desculparia de qualquer coisa. Já Teresa, que sofrera muito com o sofrimento do marido, nem tanto. Mas, calava-se, até porque ainda não conseguia acreditar que ali, à sua frente, estivesse o cunhado onipresente em seus quase vinte e sete anos de casamento. Ainda mais atrevidamente vivo. Ainda mais contando suas histórias, como se não tivesse posto a família de pé, de madrugada. Como se fosse a coisa mais natural do mundo chegar sem aviso, depois de tanto tempo, somente com uma mochila nas costas, e sentar-se na sala como quem esperava que saísse um cafezinho fresco a qualquer momento.

Cafezinho, aliás, que saiu de fato, com direito a biscoitos de polvilho, de acompanhamento, e mesa da sala arrumada — certamente, Teresa não ia se dar por achada. Então, Quim estava ali, tinha histórias para contar, ora... Ela é que não seria a única a se mostrar espantada.

Ou *assustada* seria a palavra mais apropriada?

Sim, porque, ali estava Quim... E agora? O que vinha por aí?

— Quando terminei minha tarefa na Oceania, fui para Creta, descansar. E acho que foi por lá que relaxei dessa coisa de manter contato. Bem, Creta, você sabe... Lindas mulheres, tão ousadas, todas elas... E uma história de milhares e milhares de anos, incríveis sítios arqueológicos, uma cultura anterior à grega, repleta de mistérios e mitos. Depois, foi o grande território livre dos piratas, no Mediterrâneo. Era onde consertavam seus navios, se abasteciam, e onde preparavam as incursões contra os ricos reinos da Ásia Menor. Vai daí...

— Você já tinha estado por lá, não foi? — perguntou Leandro. E Quim pareceu um pouco reticente ao responder:

— Já, já... tenho amigos lá... muitos amigos... É um lugar... muito acolhedor, sabem? E... e...

Creta... aquilo fez cintilar uma lembrança em Dedá, e a garota, sem pensar, disse:

— Seu baú está lá no meu quarto.

Houve um silêncio na sala, como se a garota houvesse tocado num assunto proibido.

— Ora, gente — reclamou Dedá, surpresa. — Não falei nada de mais, falei? Não estou pedindo para ele levar embora o baú *agora*, só disse...

— Que baú? — murmurou Quim. E, pela primeira vez, seu sorriso irresistível parecia haver se apagado.

— Ora, Quim, deixa — tentou desviar Teresa.— Provavelmente, alguma besteira. Se você até esqueceu...

— Sim, mas... Que baú? — repetiu Quim, agora nitidamente abalado.

— Quer ver? — convidou Dedá. — Vem, eu levo você até meu quarto.

A garota se levantou e dirigiu-se para o interior da casa. Quim, meio sonâmbulo, a seguiu, com Leandro e Teresa atrás, em procissão.

Entraram no quarto de Dedá, a garota acendeu a luz e apontou o canto onde estava o baú.

— Você trouxe a chave? — perguntou, esperançosa, a garota — Tem umas coisas minhas que... bem, acho que estão aí dentro.

Quim ficou estatelado. Os lábios dele se mexiam, mas ninguém escutava o que estava dizendo. Seus olhos ardiam de medo.

— O que tem aí dentro? — perguntou ele.

— Ora, você não sabe? — estranhou Leandro. — Bem, eu muito menos. Perdemos a chave logo na primeira semana e nunca ninguém o abriu. Sabe como é, não queríamos arrombar, afinal de contas é seu!

— Ninguém aqui perdeu chave nenhuma — protestou Teresa. — Falando assim, seu irmão vai pensar que esta casa é uma bagunça. A chave do baú dele está *guardada*.

— Esse baú não é meu... — murmurou Quim. — Quer dizer, não pode ser. Foi *ela*, entendem?... Ela!

— De quem você está falando, Quim? Tinha o seu bilhete junto.

— Bilhete?

— Ora, sei que a caligrafia era sua! Pedia para a gente guardar esse baú... Dizia que passava depois para pegá-lo, quer dizer...

— Bem que a gente estranhou... um pouco — acrescentou Teresa. — É que todos pensavam que você estivesse... quer dizer, que não ia voltar para pegar nada por aqui, entende?

— Claro — exclamou Dedá. — Afinal, você estava morto.

Quim arregalou os olhos, assustado. Dedá emendou-se:

— Quer dizer, mais ou menos morto, ora... Você não vai abrir o baú?

A palidez de Quim era tanta que agora sim ele parecia mesmo um fantasma. Deu dois passos à frente e inclinou-se para o baú. Mesmo hesitando, levou as mãos à tampa.

Dedá e Teresa esticaram o pescoço, tentando ver.

Quim começou a erguer a tampa mas deteve-se, pensou se ia ou se não ia, quis espiar lá dentro — mas ainda não dava para ver — e finalmente escancarou o baú. Atrás dele, Dedá engasgou alto, antecipando o susto. Mas barulho mesmo foi o que saiu da garganta de Quim, uma espécie de ronco, um grito apavorado sufocado antes de ser expelido pela boca. Quim caiu de joelhos, imóvel, em estado de catatonia. Dedá não aguentava mais, e quase enfiou a cara dentro do baú. Ao contrário do que imaginava, dentro dele não estava nenhum de seus objetos perdidos.

O que havia dentro do baú era um estojo forrado de pano negro e, encaixado nele, de modo a não ficar solto, havia um artefato do tamanho de um punho de um homem adulto. Pareceu aos olhos de Dedá ser do mesmo material da fechadura do baú, um tipo de osso qualquer, esculpido para parecer uma caveira.

Ou melhor, um crânio aparentemente humano. Mas com chifres de touro. E cabelos, longos cabelos, que pareciam humanos, presos ou colados no alto da cabeça.

Ficou um instante olhando ali dentro, mas não fez sequer menção de tocar a peça no interior do baú. Um instante depois, quase tendo de afastar Dedá com o cotovelo, Tio Quim bateu na marra a tampa, fechando-o, e, a seguir, subitamente recuperado e, de novo, sorridente, ergueu-se e disse:

— Vamos voltar para a sala? Puxa, nem acredito que estou com minha família outra vez. Temos um bocado de coisa para pôr em dia, não é?

— Mas, peraí — protestou Dedá. — Que história toda é essa, Tio Quim? Você não vai explicar coisa nenhuma? E onde estão minhas coisas, que o seu baú *roubou*?

— Dedá! — recriminou Teresa.

— Não, peraí mesmo! Peraí duplo! Depois de todo esse rolo, isso fica assim?

— Vamos para a sala, Quim — disse Leandro, carregando o irmão pelo ombro. — O que achou da nossa cidade? Mudou muito, hem? Trinta e quatro anos...

— Não, senhor! — protestou Dedá, erguendo a voz. — Sem enrolação, por favor. Fui eu que tive de aturar todo esse tempo o caixão... quer dizer, esse baú, no meu quarto. Eu exijo...!

— Depois, Dedá! — cortou Teresa, e foi atrás do marido, que já saía do quarto com Quim.

A garota ficou estatelada, por um instante. Mas só por um instante:

— Chega! — disse a si mesma.

E arrastou o baú, que agora já não gozava da proteção que lhe daria a condição de propriedade de defunto, para fora do quarto. Deixou-o no corredor, a uns tantos metros da porta (o suficiente para nunca mais o baú assombrar seu sono nem surrupiar nada do seu quarto), praticamente bloqueando a passagem.

DEZESSEIS

NO FINAL DE SEMANA, ACONTECEU NO apartamento um desfile de parentes e amigos antigos, todos fazendo questão de conferir se Quim, dado como desaparecido e morto havia tanto tempo, tinha mesmo retornado. Passou gente por lá que Dedá nunca havia visto na vida. Em dada altura, chegaram Estela e Tobias.

Ele cumprimentou Dedá de uma maneira cuidadosa. Não fingiu que não a conhecia, mas deu um sorriso curto. Um sorriso sério, nada malandro, nada cúmplice com coisa nenhuma, e Dedá que, quando ele entrou ficou imaginando como o trataria, como falaria na tal sessão na casa dele e no recado que ele lhe mandara por Estela, de repente se sentiu super à vontade. A garota se deu conta de que, se não quisesse, não precisava tocar no assunto com Tobias, e que ele considerava o que houve como algo de fato *particular*, confidencial entre os dois. Só por conta disso, Dedá sentiu certa simpatia pelo carequinha gorducho... podia até começar a achar que na verdade ele não era gordo, só meio... *fofinho.* Além do mais tinha aquele jeito dele de indefeso, baixinho, de óculos e olhos azuis-bebê.

E mais ainda quando sua mãe foi apresentar Estela e Tobias ao tio. Quim, no que bateu os olhos em Estela, abriu um sorriso mais sedutor ainda do que os que já havia posto em cena. Imediatamente pegou a mão de Estela entre as suas e não largou mais, ignorando Tobias que ficou um bocado constrangido, percebendo tudo, mas sem querer radicalizar. Logo, Quim arrastou Estela para junto da janela, onde ficaram conversando, enquanto Teresa passava uma bandeja de canapés.

Dedá ajudava, oferecendo refrigerantes. Em determinado momento, viu que Tobias saía da sala pelo corredor. Pensou que ele estivesse procurando o banheiro e foi atrás dele para indicar onde era, mas de repente brecou.

Tobias havia se agachado junto do baú, e agora alisava a tampa, suavemente, muito devagar, com ambas as mãos. A garota ficou parada, olhando, quando uma voz soou atrás dela:

— Perdeu alguma coisa, amigo? — Era Tio Quim que, por cima da cabeça de Dedá, mirava Tobias, com expressão zangada.

— Não... pelo contrário, achei. Bem o que eu queria — respondeu Tobias, erguendo-se, com um sorriso absolutamente sem culpa (que Dedá invejou)... — Belo baú.

— É só uma velharia, dessas que a gente junta em viagens — respondeu Quim.

— Não diria isso — replicou Tobias, as pontas dos dedos afagando a fechadura feita de osso e bronze. — Parece... uma antiguidade. Algo... muito especial. Onde o comprou?

— Ganhei... — respondeu Quim, para espanto de Dedá. O tio estava ali na frente dela contradizendo o que afirmara antes, admitindo que o baú era seu.

— Curioso — insistiu Tobias. — Tem jeito de algo em que se guardam objetos muito pessoais. Valiosos, não financeiramente, eu digo, mas...

— Eu entendi! — cortou Tio Quim, de novo de maneira brusca, o que fez Tobias sorrir, mais inocentemente ainda (e agora Dedá via alguma ironia naquele sorriso, como se ele estivesse, de propósito, provocando Quim. E seu tio parecia mesmo ansioso para ganhar uma desculpa para partir para cima de Tobias) — Alguém lá na sala me disse que você é uma espécie de... *feiticeiro...* um *encantador de cadáveres...*?

— Isso mesmo —, intrometeu-se Dedá. — Ele conversa com fantasmas.

Tobias sorriu para a garota e encarou de novo Quim, que disse:

— Cortei a cabeça de muitos da sua laia.

Os dois ficaram sorrindo ferozmente um para o outro por um instante, como se trocassem rosnados.

Foi quando Estela chegou:

— Tudo bem por aqui? — perguntou, estranhando o clima. Mas, nesse instante, Quim virou-se para ela e abriu de novo seu sorriso amassa-corações.

— Claro! Estava conversando um pouco com seu amigo.

— Vamos, Tobias? Nosso cinema. Está na hora — chamou Estela.

— Então, eu ligo para você — disse Quim, se despedindo, ignorando Tobias. — Qual é mesmo o número do seu celular?

Estela sorriu sem graça para ele, fingindo que não entendeu o que lhe pedia. E Tobias, olhando bem nos olhos dele, sorriu também. Deu para notar que Quim não gostou nada dos modos do namorado de Tia Estela — que aliás mostrava não estar nem aí para ele.

Quando já haviam saído, Quim, mais uma vez irresistível, abraçou os ombros de Dedá, que engoliu em seco antes de conseguir dizer:

— Você estava brincando, não é, Tio Quim?... Sobre esse negócio de cortar cabeças?

Quim piscou os olhos, apertou Dedá num abraço e, com uma risada que deixou a garota mais aliviada, disse:

— Ora, claro que estava. Vamos voltar para junto das visitas?

Ao entrarem na sala, alguém pediu a Quim que contasse uma história de alguma de suas aventuras.

— Vai ser a primeira vez que escutamos o relato da boca de quem viveu o lance todo. Por favor, Quim... — pediu o visitante.

Quim ficou um instante calado, enquanto se sentava, então disse:

— Prefiro que o Leandro faça as honras. Soa muito melhor com ele contando.

DEZESSETE

— COMO ASSIM... RICO? — PERGUNTOU TERESA.

Ela e o marido estavam em seu quarto, deitados lado a lado na cama, olhar pregado na tevê ligada num programa que talvez nenhum dos dois conseguiria dizer qual era, já que não prestavam a menor atenção no aparelho, e não paravam um instante sequer de conversar. Depois do festival daquele sábado, estavam exaustos e zonzos.

— Por que está duvidando? Ora, o Quim é danado! Nasceu assim. E quantas vezes já ganhou dinheiro?

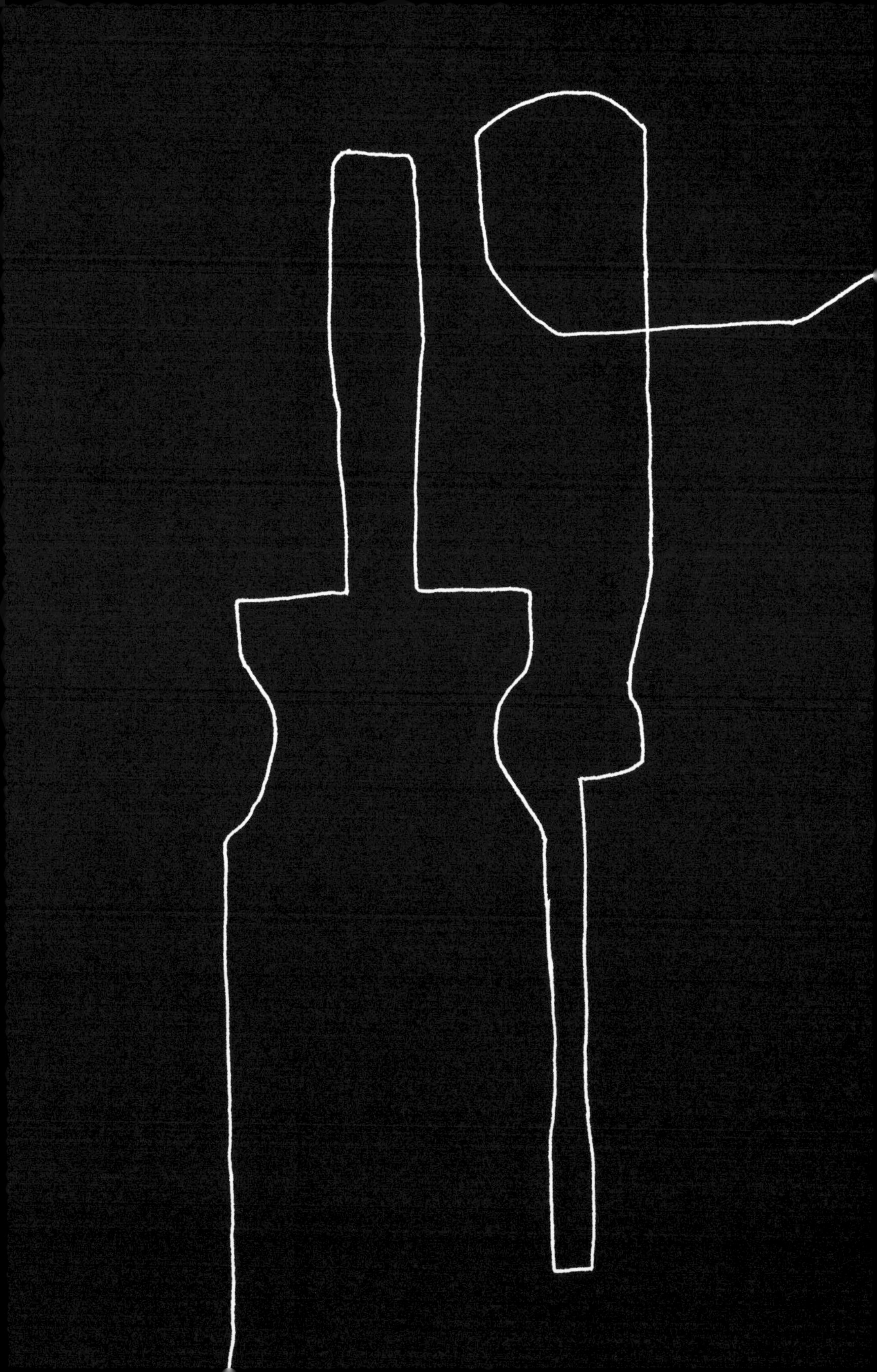

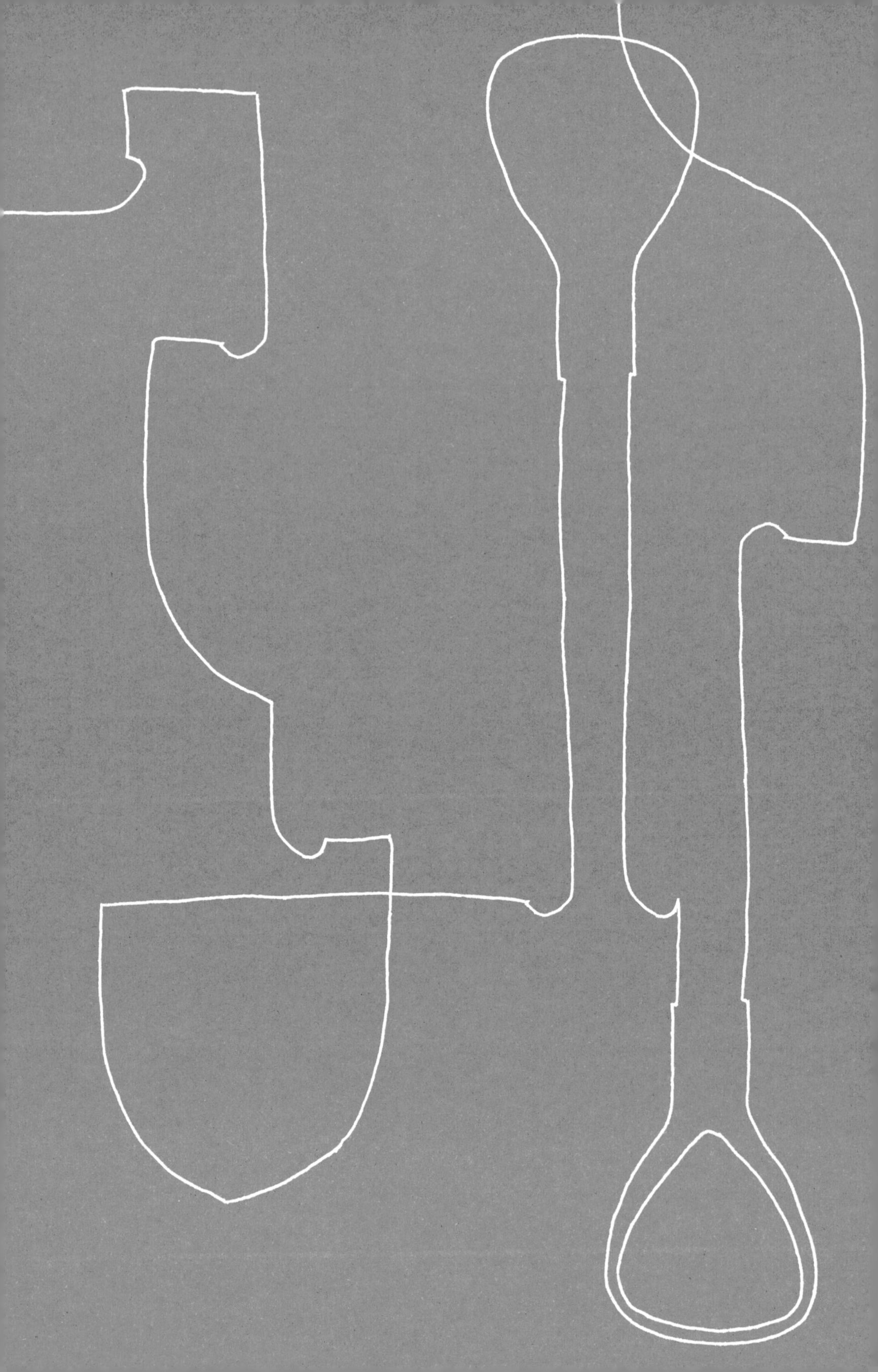

— Só que, pelo que eu sei, perdeu tudo, também, outras tantas vezes. Então? Rico... *quanto*?

— Ora... O que você queria? Que ele me desse sua declaração de bens? Humpf!... Meu irmão não me contou... nada específico... As propriedades... os investimentos... tudo no exterior.... Mas entendi que ele está rico. Muito rico.

— Se for verdade, que bom para ele — disse Teresa, olhando de esguelha para o marido... Para ela, mais importante ali era saber o valor para Leandro do que Quim lhe contava.

— Como assim, *se for verdade*? Por que acha que ele ia me mentir logo para *mim*? — disparou Leandro, e sua voz se tornou de repente ríspida, desfazendo assim a dúvida de Teresa.

— Bom, pelo menos, depois de tantas viagens, ele vai ter alguma coisa, se conseguir acertar a cabeça.

— Teresa, não é nada disso, ele não tem cabeça fora do lugar.

— Não?...

— Não! É que ele é... ele...

— Já sei, ele é assim. Mas Quim disse o que está planejando fazer, Leandro?

— Como?...

— Você acha que ele voltou... para ficar?

Leandro inspirou profundamente. Ainda não havia pensado nisso. Ou melhor, não havia até aquele instante cogitado que Quim poderia partir novamente. Quais eram os planos do irmão? Lembrava-se de terem tocado mais ou menos nesse assunto.

— Como assim, *mais ou menos*...? — impacientou-se Teresa.

— Ora, o Quim já não é um garoto.

— É, sim. Um garoto de cinquenta anos.

— Sim, é o que estou dizendo. Acho que o Quim agora...

— O que você acha é uma coisa, o que ele vai fazer é outra. Leandro, assim você me deixa preocupada.

— Preocupada com o quê? — replicou ele aborrecido.

— Com você.

Leandro ergueu parcialmente o corpo na cama e encarou sua mulher.

— Comigo? Mas que história é essa?

— Você gosta demais dele, Leandro. Toda vez que o olha, é com um amor tão grande, tão grande que...

— Eu também não sou mais criança, Teresa.

— Você não era criança quando ele partiu. Mesmo assim...

Leandro soltou outro muxoxo e afundou em seus travesseiros, voltando a olhar para a tela de tevê. Teresa ficou calada, decidindo se devia insistir ou não. Dois minutos ou pouco mais, depois, Leandro disse, subitamente:

— Ele gostou da sua irmã.

— A Estela tem namorado, Leandro. Ela não é assim como você pensa.

— Eu não penso nada.

— Pensa, sim.

— E depois, não é que ela *tenha* um namorado. Ela *está* com um namorado. A Estela é...

— Tá vendo?

— Eu não disse nada de mais, Teresa.

— A Estela está gostando de verdade do Tobias. Eles estão juntos... de um jeito diferente. Acho que ela encontrou um homem para ela. Sério!

— Como é que eu vou levar a sério um sujeito que brinca com fantasmas?

— Coisa estranha para se dizer, vindo de alguém que acha um caçador de feiticeiras o sujeito mais perfeito do universo.

— Eu não... E não se diz *mais perfeito*. Perfeito é absoluto, é ou não é.

— Não enche! E você acha isso mesmo, Leandro. Sempre achou. Quim para você é *a* maravilha, um deus!

(*GRUNF*! mútuo, caras fechadas)

Só que Leandro deu de ombros, desistindo da briga.

Mas, Teresa ainda estava preocupada:

— Faz isso que estou pedindo, por favor...

— Não entendi que você estivesse me pedindo coisa alguma.

— Mas, eu estou... Pedindo que antes de começar a se convencer de que não teve nada de mais ele desaparecer como desapareceu, pergunte ao Quim o que ele está pretendendo fazer da vida... Pare de agir como se por mais de trinta anos você *não* tivesse ficado sem nenhum contato com ele... a não ser uma pilha de cartas, que, aliás, você, ciumento, nunca deixou ninguém mais ler, e esconde como se fossem seu único tesouro no mundo...

— Como você sabe que estão escondidas? Andou procurando?...

— Não mude de assunto, Leandro. Você não conhece mais o Quim, não sabe quem ele é, o que mudou nele, nesse tempo todo... Então, por favor, antes de você abrir todo o seu coração...

— Você está preocupada com o meu coração? — perguntou Leandro traindo uma ponta de enternecimento na voz.

— Não gosto que firam as pessoas que eu amo. Isso eu não perdoo. Você sabe.

Leandro soltou um suspiro. E como sabia.

Teresa virou-se de supetão e tascou um beijo molhado na boca dele. Agarrada agora no marido, ela se lembrou de que, em seu caderninho mental, havia outra conta a ser cobrada:

— Ele ainda não explicou direito essa história do tal baú... Leandro! Quim está escondendo algo.

— Cisma sua... Ora!

— Aquela coisa que tinha dentro do baú...

— Tinha, não. Tem. Não era dele, e deixou lá onde estava. Pelo jeito como aquele troço o horrorizou, duvido que ele ou alguém tenha mexido lá.

— Mas o que era aquilo?

Leandro emitiu um suspiro...

— Bem, ele me contou a história... Mas se eu revelar a você, não pode comentar com mais ninguém. É... um segredo... ocorre que...

Teresa sorriu. E preparou-se para escutar mais uma *aventura de Quim*... Sabia que não adiantava pedir a Leandro que se protegesse, que não se entregasse, tão apaixonadamente, a Quim, como se ainda fossem o irmão caçula sonhador e o irmão mais velho exageradamente responsável de décadas atrás. E não adiantava pedir isso, nem alertar Leandro para ter cuidado, porque, conhecendo seu marido, dava-se conta de que já era tarde demais.

DEZOITO

TUDO VIA CELULAR.

Primeiro, Dedá recebeu a mensagem de Theo. Era curta, dizia: "Esse tempo que a gente tá dando não tá dando mais. Tem certeza que a gente tá dando e não perdendo? **T**"

Dedá amou cada letra, e respondeu:

"Certeza zero. Te amo e saudades. Mas fica longe ainda. Minha cabeça tá um nó! **D**".

No mesmo dia, Estela deixou uma mensagem na caixa postal do celular de Dedá: "Tobias quer conversar com você. É sobre o baú".

E Dedá respondeu:

"O baú foi despejado do meu quarto. Diz pro seu namorado assombrado conversar com o Tio Quim."

Para completar, o Leandro escreveu:

"Vai ser menino. Avisa pro pessoal? *Dando*".

Essa mensagem, a garota não conseguiu responder.

DEZENOVE

LEANDRO FILHO ESTAVA PASSANDO EM FRENTE ao Museu Histórico, no Centro.

Havia uma exposição itinerante em cartaz, uma exposição de peças antigas do Mediterrâneo e da Turquia. Tinha muita gente na entrada, uma fila imensa, uma confusão.

De repente, escutou-se um grito e todo mundo olhou para cima. Numa das varandas do prédio antigo, uns trinta metros acima da rua, uma janela havia se escancarado e batido com força na parede externa, espatifando as vidraças. A calçada recebeu uma chuva de cacos. Estava claro que a janela fora arrombada pelo lado de dentro.

Logo surgiram dois homens lutando na varanda.

A multidão embaixo, agitada, apontava. Era impossível ver direito os rostos, à distância — e além disso ambos usavam óculos escuros. Surgiu um punhal, na mão de um dos lutadores, mas o outro, mostrando agilidade e força, rapidamente torceu-lhe o pulso e o fez largar a arma.

O punhal veio caindo, a multidão gritou de novo, e fez-se uma clareira. A ponta da lâmina bateu na calçada de pedras e quicou. Era um punhal estranho, uma lâmina cheia de ranhuras, que, pelo que Leandro enxergou, podiam ser desenhos, e o cabo coberto de pelos escuros.

Quando a multidão olhou para cima, de novo, os dois lutadores já não estavam à vista. Mas, segundos depois, emergindo de uma porta lateral, que arrombou com um pontapé para fugir, surgiu um deles, o rosto agora semicoberto por um pano preto, parecido com um *keffiyeh* árabe, e agora carregando nas costas uma mochila.

Novamente, a multidão entrou em pânico, enquanto o homem abria passagem aos berros. Um carro brecou espalhafatosamente junto ao meio-fio. Abriu-se a porta de trás, e o homem com a mochila mergulhou para dentro do veículo, que saiu em disparada. A cena toda não tinha durado mais do que cinco segundos.

Quando a polícia finalmente apareceu, reunindo-se aos guardas do museu que só agora haviam se dado conta do que estava acontecendo, o carro já havia desaparecido e não havia mais o que fazer.

Leandro assistiu a tudo. Tinha uma razão bem específica para ficar abalado com o que vira. Fez sinal para um táxi, entrou, deu o endereço da casa dos pais e, mal o carro partiu, fez a ligação para lá, pelo celular.

Quando Teresa reconheceu a voz do filho, soltou um berro de comemorativa alegria, e imediatamente passou a desfazer-se em convites para uma sequência de lanches, almoços, jantares, anunciando que iria fazer todos os pratos prediletos dele a cada refeição.

— Mãe, pare um instante. Eu estou indo para aí agora. Mas, preciso lhe perguntar uma coisa...

— Agora? Para o café da tarde? Quer com pão de queijo

ou torrada americana? Talvez seja melhor fazer os dois porque... O que você quer perguntar?

— O Tio Quim está aí?

Só a estranheza da pergunta pôde diminuir a agitação de Teresa e fazê-la pensar no que poderia estar acontecendo...

— Não — disse ela, depois da pausa. — Ele passa sempre o dia fora, ninguém sabe onde nem fazendo o quê. Seu pai também não está, só volta do trabalho na hora do jantar. Aliás, você quer jantar conosco?

— Estava longe, mas acho que era ele...

— Longe? Ele quem?

— O Tio Quim.

— Hem? Fazendo o quê?

— Preciso contar tudo a você. Pode... ser uma coisa perigosa para vocês, ele estar hospedado aí.

— Mas, por quê?

— Eu chego já, mãe...!

E Leandro Filho desligou o celular depressa porque no rádio do carro estavam noticiando o incidente no Museu Histórico. Segundo o locutor, um dos homens fora deixado inconsciente pelo outro e fora preso pela polícia. Aparentemente, ele não falava português e, mesmo que falasse, deixava claro que não estava disposto a contar coisa alguma. Lutava o tempo todo para se soltar e era bastante forte. Havia ainda sua aparência, classificada pelo locutor como "exótica"...

(À noite, o sujeito apareceu num telejornal, sendo carregado pela polícia. Ainda não havia sido identificado e, quanto ao "exótico", fora até pouco. Para começar, o sujeito tinha o rosto inteiramente tatuado, com figuras de serpentes e ervas; na testa, tinha a cabeça de um touro bufando, ameaçador...")

Uma peça muito antiga fora roubada do museu. Era uma deusa do Mediterrâneo, uma estatueta de mais ou menos vinte centímetros de altura, feita de ouro e ônix, com a imagem de uma mulher de inúmeros seios e com serpentes nos braços. Quanto ao outro suspeito, aquele que provavelmente levara a estatueta, nada se descobrira. A peça estava em exposição por empréstimo da coleção particular de uma milionária da Ilha de Creta. Seu valor, ainda segundo o noticiário, era inestimável.

Ao cair da noite, outro incidente estranho aconteceu, numa marina na baía. Alguns homens invadiram as instalações e tentaram abordar uma grande lancha estacionada no cais, havia alguns dias. Houve troca de tiros, e a lancha escapou, provavelmente ganhando alto-mar. Os *piratas*, como o noticiário da tevê os chamou, fugiram da marina antes mesmo que a guarda local tentasse detê-los.

Teresa escutou aquela história toda entre gritinhos de susto, como se estivesse vendo a cena acontecer novamente, mãos levadas à cabeça e suspirosos pedidos de proteção ao céu. Leandro Filho (não querendo aparecer para o pai antes que este manifestasse alguma coisa em relação à notícia de que o bebê que Tina e ele estavam esperando era menino) preferiu que a mãe repassasse a história ao marido.

Só que ela não fez isso.

Ia fazer, mas, quando Leandro Pai chegou, entre uma atrapalhação e outra foi esquecendo, foi esquecendo, até deixar para contar na cama. Só que quando finalmente entrou no quarto, Leandro estava dormindo e roncando, e ela decidiu só lhe contar a incrível história pela manhã.

E de manhã, tudo estaria diferente naquela casa.

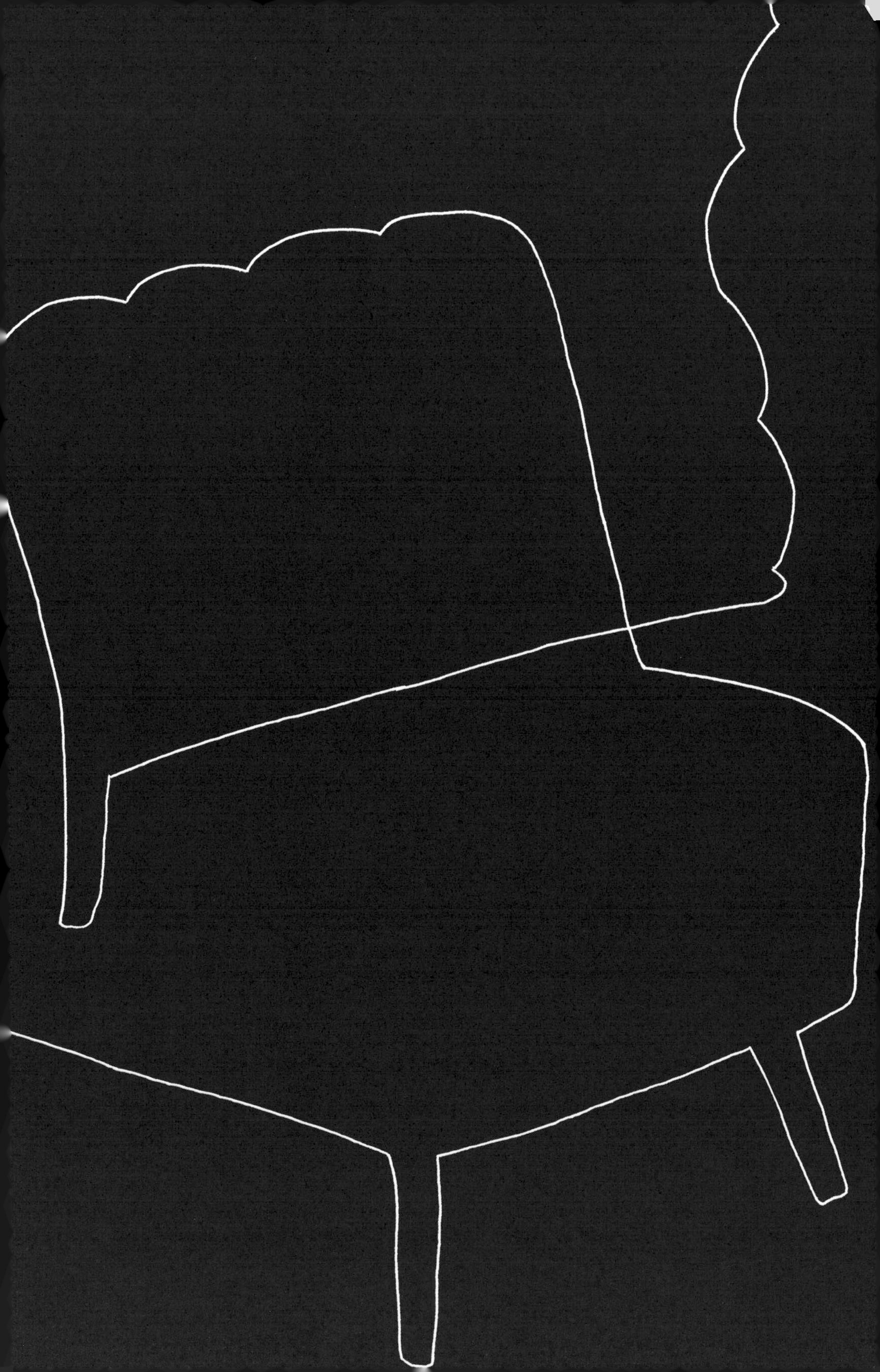

VINTE

— POR QUE VOCÊ TÁ FUGINDO, TIO?

Três e trinta e três da madrugada. Dedá viu a hora no relógio digital da cozinha e achou a combinação de número meio agourenta. Sentiu um calafrio, sem entender por que tinha acordado de olhos arregalados, algo dizendo para ela se levantar e ir ver *o que estava acontecendo* ("Por quê? O que está acontecendo?"). Como não era a primeira vez... como a voz dizia que era urgente... como Dedá sabia no fundo que não era voz nenhuma, mas uma coisinha lá de dentro dela, e que ela ia acabar atendendo, levantou-se logo da cama e deixou seu quarto sem fazer barulho. Foi seguindo o faro e acabou na cozinha.

Pego em flagrante, no momento em que já abria a porta dos fundos, com sua mochila nas costas, Quim virou-se com expressão de surpresa e deu com a garota. Ficou um instante parado, emudecido. Talvez até tenha pensado em desconversar, em dizer, sorridente, expansivo, *mas que fugindo que nada*, coisa assim...

Depois parou, respirou fundo, fechou a porta, sentou-se numa cadeira, junto à mesa do desjejum, onde largou a mochila, puxou outra para Dedá e, olhando, sério, para ela, disse:

— Porque é isso que eu faço. É isso que eu fiz a vida toda. Sabe aquele seu baú?

— Ele não é meu. É seu.

— Tá bem. É meu. Eu o deixei para trás, também. O baú tem uma história. Você merece que eu a conte. Quer?

A garota fez que sim com a cabeça e ficou olhando para Quim. Pela primeira vez, o via parecendo sinceramente embaraçado. Ele coçou a cabeça, entortou os lábios algumas vezes, como se buscasse ânimo, então começou...

— O nome dela é Circe... — começou Quim. Então, reparou nos olhos arregalados e no sobressalto de Dedá. — O que houve?

— Bem... deve ter mais de uma pessoa com esse nome, né?

— Não sei se esse era o verdadeiro nome dela. Onde você...?

— É que talvez nós já tenhamos sido...... mais ou menos... apresentadas — retrucou a garota, pensativa.

Quim a fitou longamente, e só depois se resolveu a prosseguir o relato.

"Quer dizer, ela me dizia que esse era somente um nome que minha garganta mortal conseguiria pronunciar, então eu poderia chamá-la assim. Dizia que seu nome real somente as cabras das montanhas do interior daquela ilha conseguiam emitir. Mas eu a chamava de Circe, ela me atendia, então ficou esse sendo seu nome. É como a chamo até hoje, em meus pesadelos.

A ilha era Creta. Lá, uma civilização muito, muito antiga se desenvolveu, há cerca de seis mil anos. Pode imaginar uma coisa dessas? Nem os deuses gregos haviam sido criados. As pirâmides do Egito poderiam estar sendo construídas, nessa época... Ou por aí. Na Europa, os humanos estavam na Idade da

Pedra. E nessa ilha, já havia maravilhas sendo feitas pelos seus habitantes. Já escutou falar no Minotauro, sobrinha? Estou vendo que já... Uma criatura gigante, metade homem, metade touro. E que só comia carne humana. Vivia num labirinto e recebia sacrifícios num tempo em que Creta e seu rei dominavam todas as ilhas daquele mar.

Você deve estar pensando que isso são apenas histórias, mitos... Mas mitos às vezes revelam mais do que os registros históricos, feitos sempre para louvar soberanos, os vencedores das guerras, os invasores e salteadores bem-sucedidos, e ocultar o lado sombrio da alma de um povo. Além do mais, as ruínas do palácio dos reis taurinos estão lá, em Knossos, para quem quiser ver, além de centenas de artefatos esplêndidos, recendendo magia.

Circe me dizia que havia visto prodígios acontecerem, os palácios, os templos serem erguidos, os mitos, quando eram os acontecimentos do dia. E civilizações brotarem, alcançarem a glória de serem temidas, admiradas, invejadas por seus vizinhos, para um dia serem tragadas por terremotos, ou por ondas maiores do que montanhas. Sim, você pode não acreditar, mas é porque jamais esteve naquelas praias, nem navegou naqueles mares, e não sentiu, por exemplo, o poder do vento, naquele lado do mundo. Naquele centro do mundo. O vento ali é encantado, sussurra, uiva, urra... arrasta... Destrói! O mesmo vento que manteve o herói de Troia e de Homero, Ulisses, dez anos perdido naqueles mares, como castigo por tê-lo desagradado. Dez anos, sem permitir a um semideus que alcançasse sua ilha, Ítaca. E, sim, Circe me contava essas histórias, como se também as tivesse presenciado. E eu, bem, eu não sei em que acreditava. Circe me dizia que era uma feiticeira.

E que não tinha idade. Que era imortal. Que ela estaria à minha espera. Para sempre. Para sempre!

Nas noites de lua cheia, acampávamos na praia e ela me servia um banquete de sabores que só se pode experimentar em Creta. Depois, dançava para mim, na areia, num ritmo que era o mesmo das ondas. Nessas noites, ela ordenava ao céu que nem pensasse em derramar subitamente alguma chuva e que mantivesse as estrelas limpidamente brilhantes, para então dormirmos, lado a lado, nossa pele impregnada de maresia.

Ou então, ela me levava a visitar sua caverna, no interior da ilha. E me encantava com segredos em pergaminhos e papiros, ou desenhados na superfície de vasos que, assim ela me garantia, nenhum mortal jamais havia visto antes de mim. Claro que assim estava me dizendo também que ela própria não era uma criatura mortal...

E Circe queria que eu vivesse *para sempre* ao seu lado.

Mas, eu um dia parti. Fugi dela. De Creta. E a não ser por uma crise de fraqueza, anos depois, quando não pude resistir e voltei para ela, me mantive sempre longe daquela ilha. Aquela ilha, Circe... aquilo era o fim para quem sempre quis da vida só viajar, conhecer novos lugares, viver novas aventuras... E de repente, lá fiquei eu... encalhado numa ilha... Não! Horror dos horrores! Só enfeitiçado eu ia me conformar com isso. Tinha de fugir. E foi o que eu fiz.

Circe me amaldiçoou. Jurou que jamais me daria paz e que seus feitiços assombrariam minha vida até que eu retornasse para seus braços. Era o que eu mais temia. Que o feitiço dela fosse... de verdade... para valer. E que eu acabasse possuído por ela. Tenho certeza de que ela mandou seus seguidores atrás de mim. Onde quer no mundo que eu me escondesse, logo eles apareciam. Por várias vezes, quase me capturaram.

Essa foi uma das razões de eu ter deixado de dar notícias. Para apagar todas as pistas..."

— Você disse ao papai...

— Eu sei. Menti... — Ele ficou olhando para Dedá alguns segundos, avaliando... — Sabe, eu me sentia acuado. Às vezes, desesperado... Daí, num determinado momento, que eu nem sei direito quando começou, é que eu também me transformei. Foi assim que me tornei o pior inimigo de todas as bruxas, bruxos e bruxarias, que me perseguiam... E ao mesmo tempo — Quim tomou mais um fôlego profundo, como se custasse a convencer-se do que estava prestes a dizer... — Ao mesmo tempo... o tempo todo... eu queria voltar... para ela! Eu exterminava bruxos, pensando que combatia o que me atormentava, mas não era isso... Estes últimos dias aqui me fizeram enxergar a mim mesmo de outra maneira... O que acontecia era que, já que eu não me atrevia a encarar a Circe, exterminava todas as criaturas que eu podia... criaturas da mesma espécie que ela. Sei... que parece loucura... Mas... A voz dela me chamava e havia noites em que o vento murmurava meu nome... como se fossem os ventos que castigam a costa de Creta... eu quase não conseguia me segurar. Ficava zonzo... E tenho certeza de que a Circe sempre esteve por trás dessas perseguições contra mim, desses chamados... Até mesmo aqui...

— Aqui? Essa sua namorada?

— Ela não é minha namorada! — protestou Quim irritado. — E, sim... aqui... tenho certeza de que ela nunca deixou de vigiar vocês, para saber do meu paradeiro.

— Olha, será que foi ela? Essas coisas que andaram acontecendo no meu quarto... aqui em casa? Coisas que não são deste mundo...

— A Circe também não é deste mundo.

— Hein?

— Quer dizer, nada que ela fizesse ia me surpreender. Mas não me peça para explicar o que nem eu entendo, ok?

— Ok... — murmurou Dedá, mais resignada do que satisfeita.

— Bem, ela jurou que viria ao meu encontro, que não adiantava me esconder. Que me encontraria. O baú. Esse baú foi presente dela para mim. Era um dos tesouros de sua caverna. Aquela miniatura de cabeça de touro, feita de osso... de touro também, se não me engano... que está dentro do baú... é outra relíquia. Muito antiga, mas aqueles cabelos, suspeito eu... são meus... Ela os cortou numa daquelas noites na praia, com seus olhos azuis, do mesmo tom de azul dos mistérios das profundezas daquele mar que iniciou a imaginação humana, e tão febris como o fogo, quando olhavam para mim, repetindo: "Você jamais vai conseguir me esquecer... Pode descer ao inferno... virar mendigo e rei... Mas, jamais vai conseguir me esquecer...". Aquilo é um talismã. Ou melhor. Um feitiço. Maldita bruxa! Malditas bruxarias! Circe o fez para me encantar, para me manter irremediavelmente ligado a Creta. E a ela. O bilhete... Leandro me mostrou o bilhete... É minha letra sim. Meio torta, mas... pode ser minha letra, ou melhor... Será que ela me enfeitiçou para que eu o deixasse escrito, com ela? Será que ela o falsificou? Circe era capaz de tudo... Ela *é* capaz de tudo.

— Eu... — balbuciou Dedá... — Não sei mais no que posso acreditar... — A garota olhou para o tio, como que pedindo ajuda.

Quim sacudiu a cabeça, negativamente.

— Ah, não... Você devia perguntar isso para o seu pai. Ele, sim, é que sempre soube no que devia acreditar. Eu... não tenho ideia... Quer dizer, tudo o que eu sei é essa impressão que não me larga... de que ela está por perto. No fundo, eu sempre soube que ela me encontraria. Já fez isso outras vezes. Espalha iscas pelo mundo para me atrair e então...

— ...Você morde o anzol...

— ...Fiz uma coisa hoje... Podia dizer que, por causa da encrenca que eu arranjei, tenho agora de partir. Mas, eu pensei depois, vi que não era nada disso. Acabei foi fazendo a tal besteira para precisar partir, entende?

— Não muito. Neurose de gente velha é complicada demais. Mas, tem uma coisa que eu sei... Você devia voltar para ela, tio. E já!

Quim a encarou horrorizado, detendo sua narrativa.

— Você não sabe o que está dizendo.

— Sei, sim — afirmou, convicta, a garota. — Você ama essa... bruxa. E tem medo disso. De amar essa Circe, sei lá por quê. Mas é medo, só medo. Eu sei o que é isso. Juro que sei!

— Bem... — murmurou Quim, depois de uma pausa. — Quem sabe você tem razão... medo. Sim... Por outro lado... você tem sua família. Isso tudo aqui faz parte de você. Você é igual ao Leandro... Já eu sou... uma pessoa diferente. Não suporto essa ideia de estar preso a um lugar. Um lar. Um lugar para o qual *tenho* sempre de voltar... Mas o caso também é que... — ele fez uma pausa, emocionado. — Esse tempo aqui com vocês me dá vontade de ficar... simplesmente ficar. E é por isso que eu tenho de ir. E logo. Agora. Sem me despedir de ninguém.

Quim ficou um longo tempo olhando para a menina. Depois, sorriu e apanhou sua mochila da mesa.

— Papai vai ficar muito triste. Não quer mesmo esperar até amanhecer?

Quim balançou a cabeça... Por um instante manteve seu olhar na mochila.

— Sabe, tenho inveja desse meu irmão. Eu não seria como seu pai, nunca. Olhe só, tenho cinquenta anos, e tudo o que eu sou está aqui dentro desta mochila. Foi como sempre quis minha vida, e aqui vou eu, partindo de novo, sei lá para onde... e neste instante só posso pensar que, se fosse o Leandro, a vida dele nunca ia caber dentro de uma mochila. Daqui, não sei ainda se vou para a cordilheira dos Urais, na Rússia, ou para os sertões da Nova Zelândia, ou explorar o *Grand Canyon*, nos EUA, ou quem sabe... a Amazônia? Já esbarrei com uma pirâmide por lá, anos atrás, mas não consegui encontrar a entrada secreta. Mas, desta vez, bem... Vou decidir meu destino no elevador, daqui até o térreo. O que importa é que eu posso ir para onde quiser no mundo, mas, se houvesse tanta coisa mais para carregar, como ia ser, quando eu partisse?

Dedá não respondeu... Nem Quim esperava resposta. Soltou um sorriso, inclinou-se para receber na bochecha um beijo de Dedá e a beijou também na testa. Depois, sem se voltar, abriu a porta, saiu, e fechou-a atrás de si. Dedá sentiu uma dupla de lágrimas sorrateiras, malandras, descerem pelo seu rosto. Ficou na cozinha por um tempinho, mas, quando percebeu que estava paradona, olhando, como se jamais os tivesse visto, para os tais recipientes de macarrão da sua mãe, que nunca haviam sido usados, voltou para o quarto, deitou-se e adormeceu em poucos minutos.

VINTE E UM

FOI LOGO NO DIA SEGUINTE QUE DEDÁ RECEBEU o telefonema do Tobias.

— Escuta — disparou logo a garota —, eu não quero mais saber de assombrações desse baú. Não estou recebendo recados nem de bruxas, nem de fantasmas, nem...

— Mas, espere um instante, Dedá. O que eu quero é comprar o baú.

— Hein? Você ficou doido?

— Ia ficar bem com a decoração da minha sala. E eu gostaria de comprar também... aquele *objeto* que está dentro do baú. Estela me falou sobre ele e, se não vai querer para você...

— E aquela coisa nojenta ia bem com a decoração do quê? Da sua cozinha? Vai transformar ele em saleiro, ou o quê?

Tobias sorriu consigo mesmo, do outro lado da linha.

— Bem, eu coleciono... essas coisas, entende?

— Não, nem quero entender. O que você guarda nos armários da sua casa é problema da Estela.

— Tudo bem, então, mas... vai vender? Pago bem... bem *mesmo*! Sua tia disse que, se era para tratar de negócios, era com você, que você era a única aí que iria resolver alguma coisa. Afinal, o baú é seu.

— Meu, coisa nenhuma.

— De quem é então? — perguntou Tobias.

Dedá não tinha resposta. Daí, pensou um pouco. De fato, de quem era o baú? Do Tio Quim? Mas, ele tinha ido embora e nem pensou em levá-lo. Alguém mais naquela casa o queria? Alguém se lembraria de lhe dar um destino? O baú estava atravancando o corredor, agora, e ameaçava ficar ali para sempre, dadas as manias e hábitos da família.

— Quando você diz que paga bem... É bem, quanto? Dava pra comprar um computador?

— Um *laptop* de primeira! — respondeu Tobias.

— Oba!

— Mais, é claro, periféricos e acesso à Internet com modem móvel, potência máxima, uso ilimitado e mensalidade paga por dois anos.

— Negócio fechado!

E lá se foi o baú.

Naquela tarde mesmo.

E de fato, ninguém mais na casa reparou que havia desaparecido.

Na verdade, mãe e filha estavam mobilizadas demais num novo problema...

Dedá contou sobre a partida de Quim para Teresa, e Teresa foi contar para o marido. Quando soube, Leandro não reclamou, não acusou ninguém, não condenou, não levantou a voz, nem sequer fez expressão de desagrado. Escutou tudo e ergueu-se da poltrona.

— Leandro, você está bem? — disse Teresa se levantando.

Já voltando as costas, ele balançou a cabeça, em câmara lenta, sinalizando *sim*, e foi para o quarto. Teresa e Dedá, apesar de não poderem ver seu rosto, ficaram impressionadas ao repararem que, ao contrário de suas habituais passadas firmes, pausadas, ele arrastava os pés. Foi fácil perceberem por quê. Poucas vezes aquele homem havia carregado consigo uma tristeza tão pesada.

Ficaram preocupadas.

Ainda mais quando ele se recusou a sair do quarto durante todo o dia. Dedá não teve autorização para entrar. Teresa ia ver o marido volta e meia e retornava dizendo:

— Ele está parado, olhando para o teto. Olheiras fundas. Mãos cruzadas no peito. Não se mexe. Não fala.

Dedá começou a ter receio de que o coração do seu pai não aguentasse, que se partisse de mágoa, de tristeza, dessa vez. E se pegou também com uma vontade louca de abraçá-lo, de dizer a ele que não estava sozinho. De ficar com ele, calada, se precisasse, mas olhando para ele e segurando sua mão.

No segundo dia, Leandro também não saiu do quarto. Era quinta-feira. Teresa telefonou para o escritório, justificando como doença a falta ao trabalho. E começou a falar em chamar um médico. À tardinha, Leandro Filho chegou, avisado por Dedá. Quando soube o que estava acontecendo, nem hesitou, prometeu vir... e veio.

Bateu na porta, chamou pelo pai, mas, nada. Então, entrou. Ficou menos de três minutos lá dentro. Quando saiu, Dedá e Teresa o agarraram e o fizeram sentar na sala.

— Então? — perguntou Teresa, torcendo as mãos.

— Ele não quer conversar — disse Leandro preocupado.

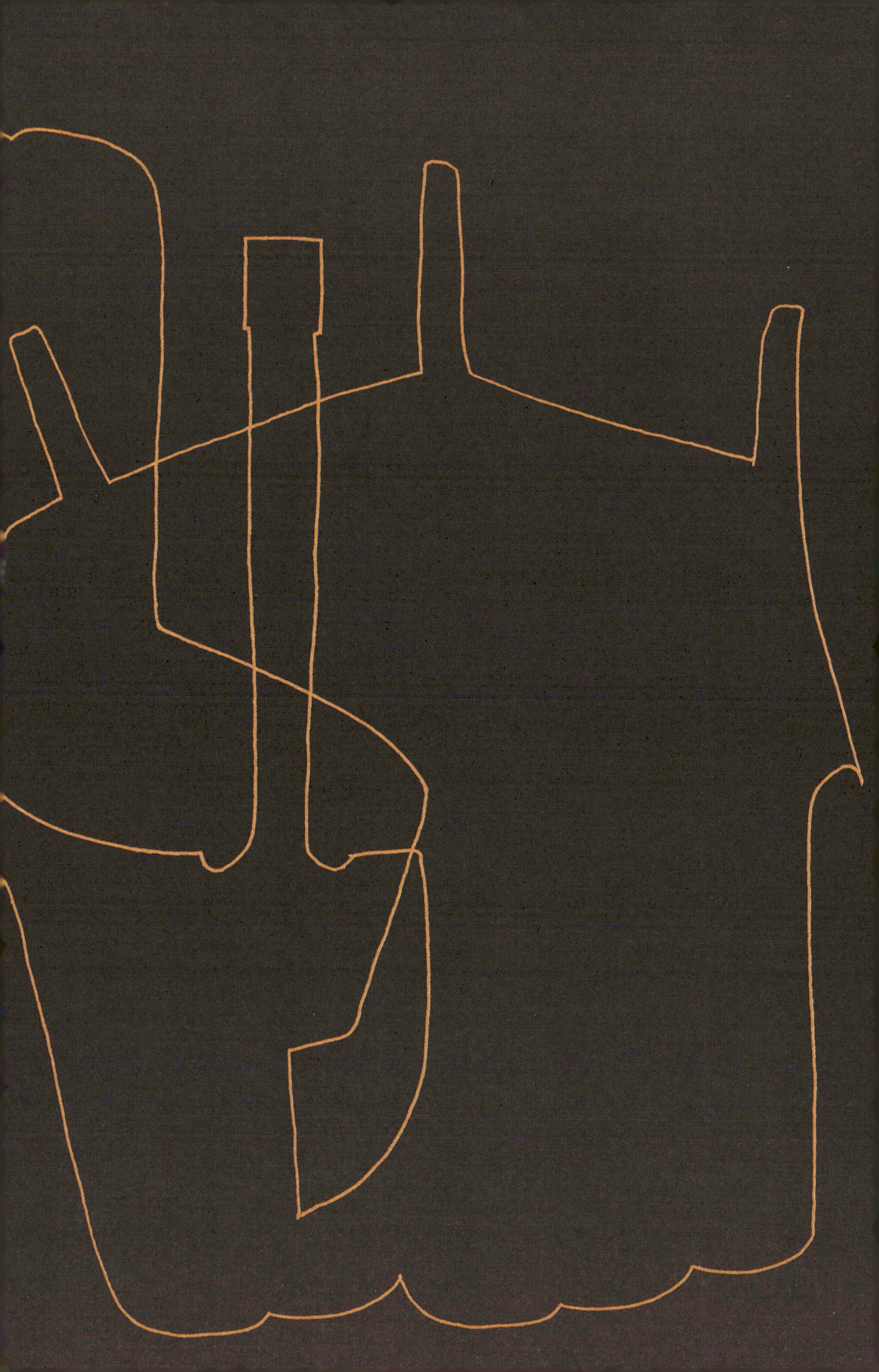

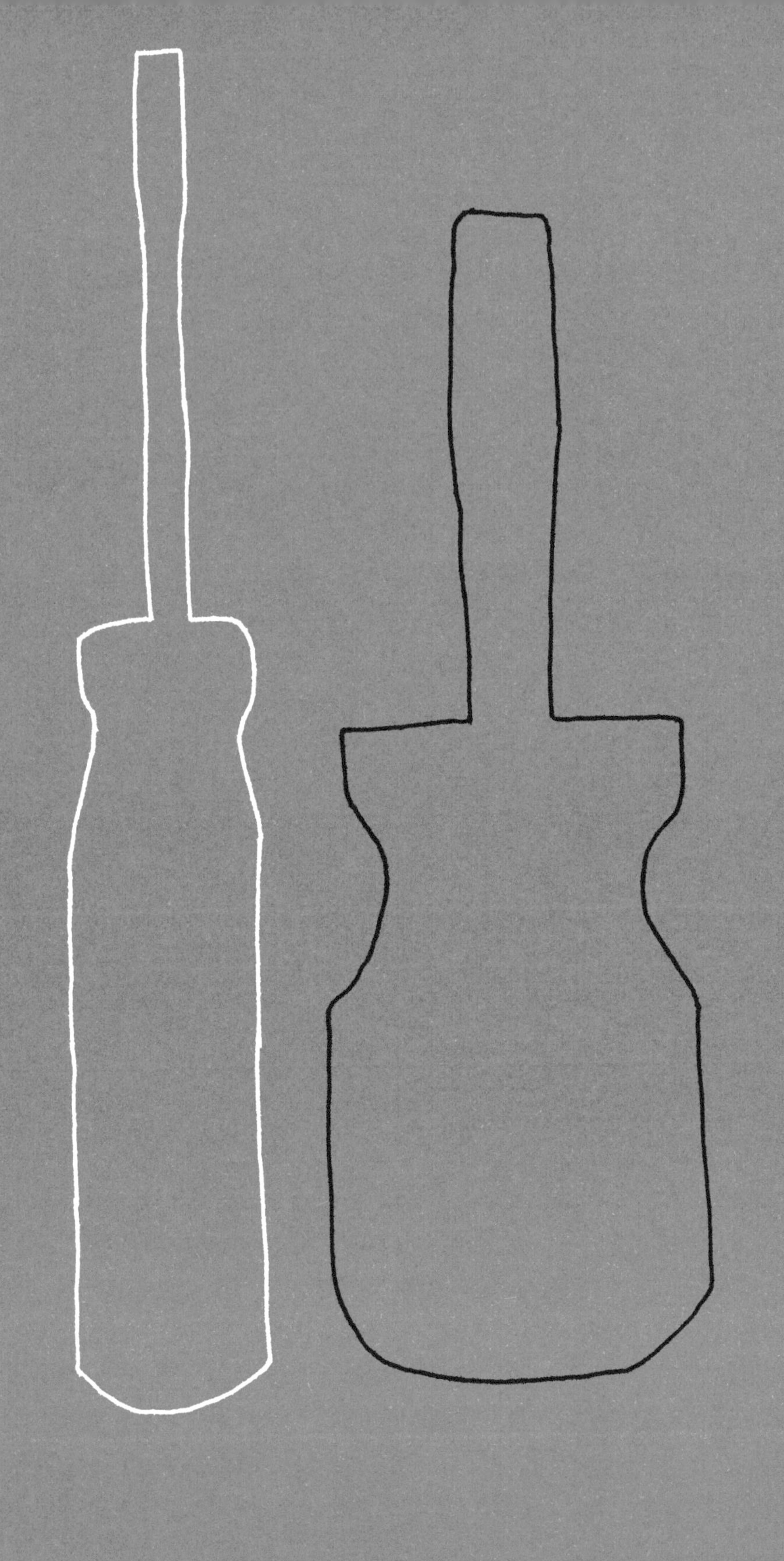

As duas ficaram olhando para o rapaz...

— Desculpe — ele disse, sem jeito. — É só isso. Eu tentei de tudo, mas, ele me pediu para sair. Sem nem levantar a voz. Simplesmente: "Filho, por favor, saia do meu quarto". Eu ia fazer o quê?

Dedá e Teresa não souberam o que dizer.

E isso era raro. Ainda mais acontecendo com ambas e ao mesmo tempo. É que estavam assustadas. Muito assustadas.

— Eu volto amanhã — prometeu Leandro (esquecendo boa parte do boicote que jurara fazer contra o pai).

E mais nenhuma novidade aconteceu naquele dia.

Já na manhã de sexta-feira, os primeiros objetos desaparecidos havia tanto tempo, no quarto de Dedá, começaram a ser *achados*. Uma coisa no fundo de uma gaveta, outra atrás da cama, outra embolada em meio a roupas no armário. O *Creta: lendas e mitos* surgiu na gaveta de suas calcinhas, e enfim ela pôde devolver o livro à biblioteca do colégio — pagou uma alta multa pelo atraso. Finalmente, a correntinha de ouro de prender no tornozelo, essa surgiu dentro da sapateira, ou melhor, de um tênis velho que Dedá já ia jogando fora. A garota nem sequer pensou em conseguir uma explicação.

Até porque continuava preocupada demais com seu pai.

Leandro Filho passou por lá depois do trabalho. Bateu na porta, chamou pelo pai, mas não houve resposta.

— Ele não quer que eu entre — disse à mãe e à irmã.

— Entra assim mesmo! — incentivou Teresa.

— Apoiado — disse Dedá.

— Ele está se alimentando?

— Frutas, um copo de leite... — explicou Teresa. — Tudo de madrugada. Sai do quarto rápido, vai à cozinha, ao banheiro, e volta para a cama, quase como se fosse uma sombra.

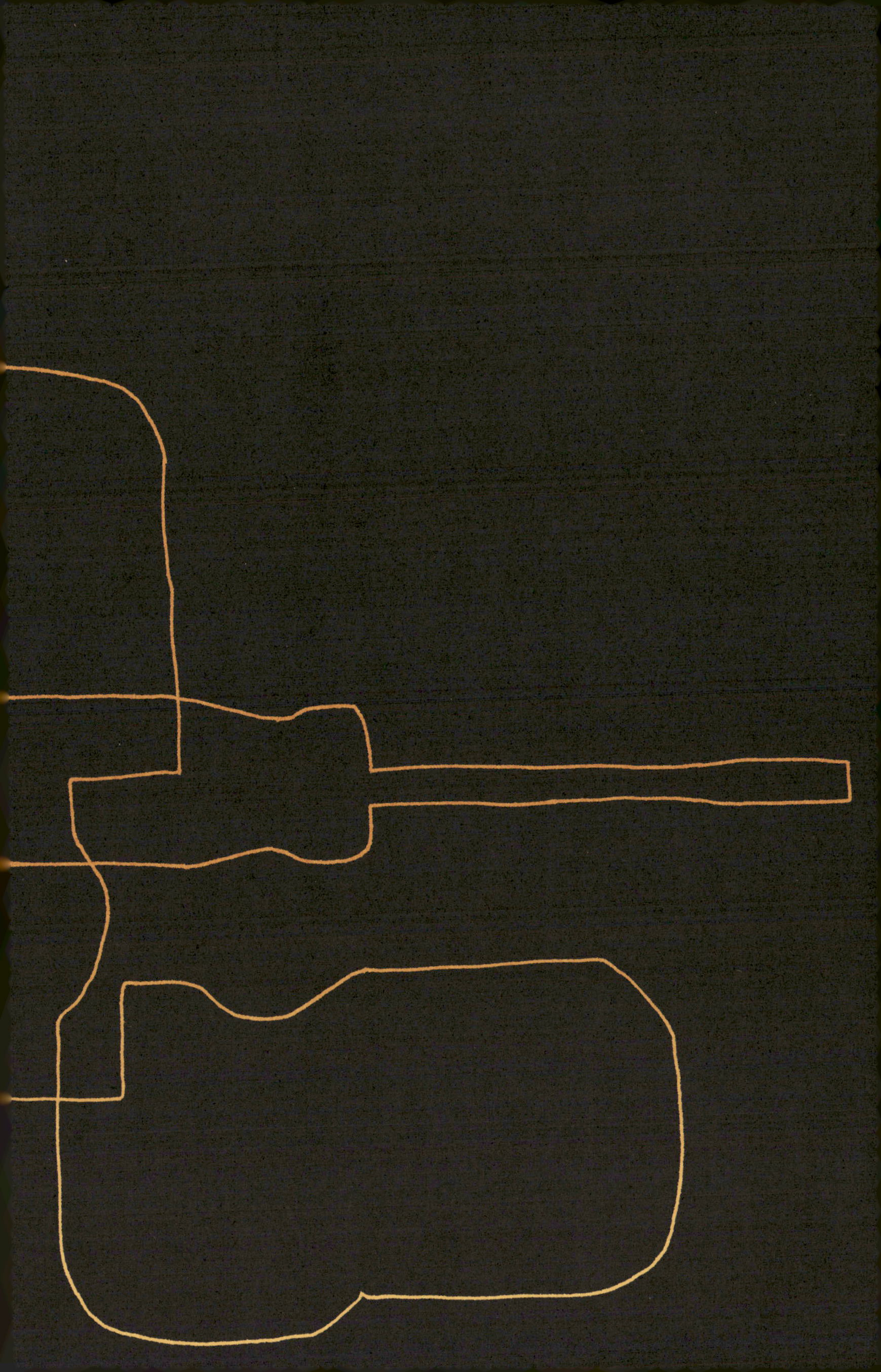

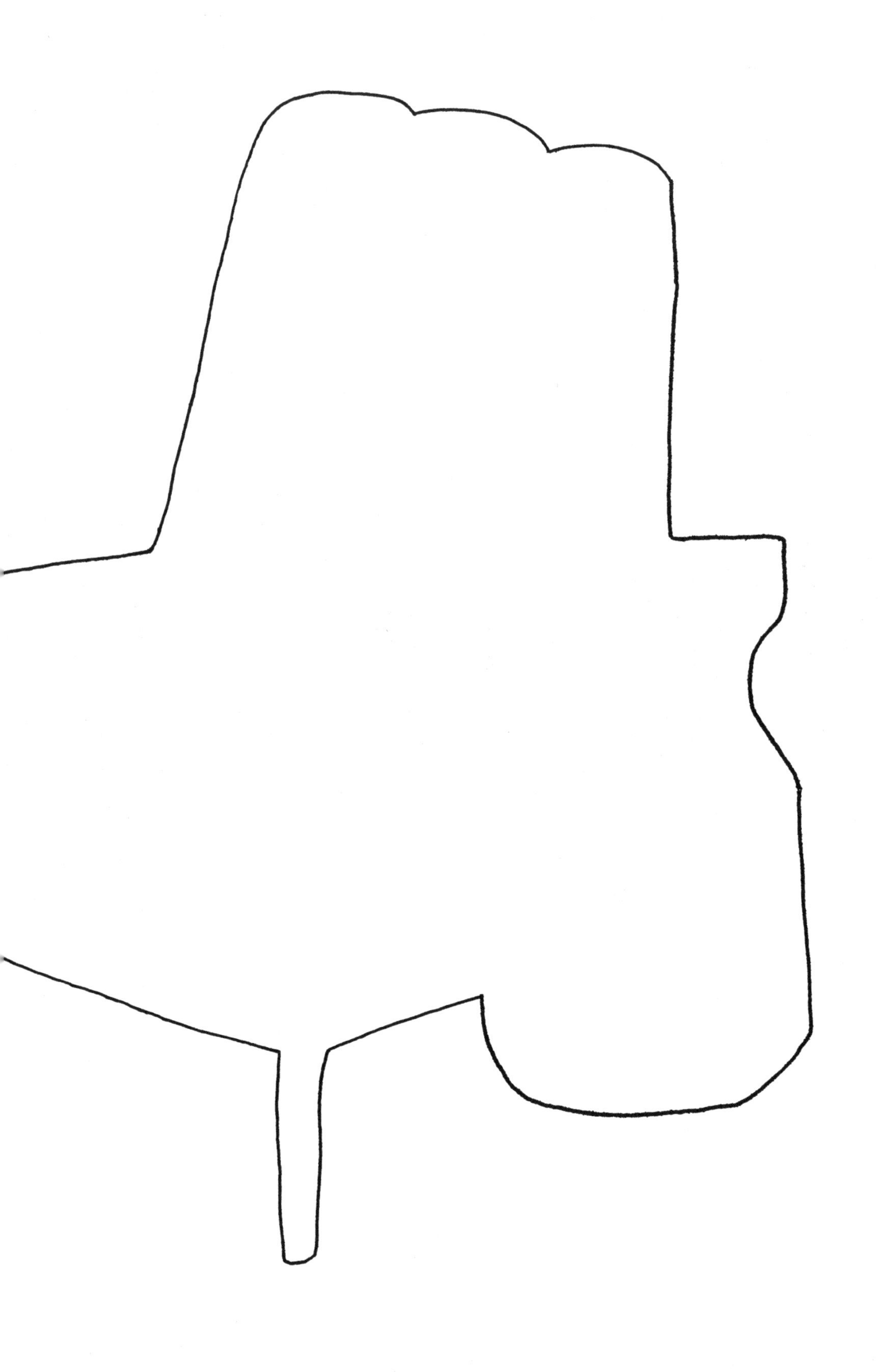

Quieto, se arrastando, sem fazer barulho. Eu só acordo porque... porque não estou conseguindo dormir mesmo. Nem um pouquinho, a noite inteira.

— E ele dorme? — perguntou Leandro.

— Um pouco. Escuto ele ressonar, mas acorda logo, abre os olhos e fica encarando o teto no escuro. E tem mais... ele nem está cuidando de botar a tal cumbuquinha de água junto do ar-condicionado.

Aquilo foi definitivo.

— Amanhã — prometeu Leandro —, se ele não melhorar, eu já chego aqui com um médico.

A muito custo, Teresa e Dedá aceitaram a proposta. Ou por outra. Só Teresa aceitou.

Ela foi se refugiar na cozinha para chorar escondida, mas, a cada dez minutos dava uma passada pela porta do quarto, acariciava a porta com a ponta dos dedos, murmurava algo que Dedá achava que podia ser uma oração.

Já Dedá, na primeira oportunidade que teve — um descuido de Teresa — entrou no quarto, sem bater.

Leandro olhou para ela, espantado, e então quase Dedá fugiu correndo, quase desiste de encarar toda aquela tristeza... que alguma ela imaginava que ia enxergar no rosto do pai, mas não tanta assim. Não vindo de tão, tão lá do fundo dele. Não, tão próxima, vizinha mesmo, de uma coisa escura na qual Dedá não queria nem pensar. Mas, não dava nem para pensar, quando olhava seu pai, toda aquela tristeza ocupando o que antes fora o rosto dele. Aquela tristeza transbordando dele, pegando nela, entrando nela também...

Que medo que deu!

Leandro continuava olhando para ela, calado. Então Dedá, sem dizer nada, sentou-se ao lado dele e pegou a mão do pai.

Em princípio, sentiu a mão dele inerte e fria, na sua. Mas, um momento ou dois, depois, ele apertou os dedos em torno da mão dela, e Dedá balbuciou:

— Acho... que está passando um jogo na tevê. É... bem, não sei que times são, mas você gosta de assistir qualquer um, não gosta?

Leandro demorou a responder, como se estivesse decidindo se ia falar ou não, então disse:

— Qualquer um, não.

Dedá também hesitou um pouco sem saber qual seria o passo seguinte, então estendeu a mão para a mesinha ao lado da cama, pegou o controle remoto e ligou a tevê. Tinha mesmo um jogo passando. Ela se acomodou ao lado do pai e logo adormeceu ali, sem soltar a mão dele nem um instante. Foi a mãe, já mais tarde, que a despachou para a cama.

Dormiu bem, sem sonhos impressionantes — afinal, o baú já não estava por perto — e acordou sem se lembrar como havia deixado o pai. Na verdade, foi do quarto dele para o seu quase dormindo, como se alguém a carregasse — não seus próprios pés — o que obviamente não foi o que acontecera, mas essa era a sensação.

Não havia ruídos na casa. A porta do quarto dos pais estava fechada. Era sábado, dia de café da manhã especial. Mas, a verdade era que Dedá não estava com grandes esperanças a esse respeito, quando entrou na cozinha. Mas, teve de brecar na porta, com olhos arregalados.

Leandro e Teresa estavam na mesa, atacando ovos mexidos, cada qual com um copo gigante de suco de laranja ao lado. O pai da garota se voltou para ela com ar de bem disposto:

— Que espanto é esse, Bela? Mas será possível que você pensou que eu nunca mais ia sair do quarto? Bom dia, filha.

Vem tomar café com a gente? Aproveita! Sua mãe acabou de conseguir ficar calada. Coisa rara!

Teresa, semana e meia depois, comentaria com Dedá: "Sabe, né? Foi manha dele. Imagine se um homão desse ia de repente ficar de fricote... depressão? Nada disso! A gente se afligiu à toa. Seu pai só queria sentir a família inteira cuidando dele, só isso!"... Dedá ficou na dúvida se Dona Teresa estava mesmo tentando convencê-la, ou a si própria, de que a crise do pai fora tão pouco séria. Não conseguiu nem uma coisa nem outra. Mas aquela, para uso doméstico, ficou sendo a versão oficial do episódio... "Aquela manha do Leandro..." "Aquela encenação toda do Leandro"... Claro que nunca falava isso na frente do marido. Já ele, nunca conversou com ninguém sobre aqueles dias tão preocupantes, nem sobre a partida de Quim.

Aliás, semanas depois, Quim retornou aos comentários durante as refeições ou em tréguas (do ritmo familiar de praxe) na sala de estar. E as histórias de suas aventuras, como se ele continuasse sendo uma figura com um pé no reino das fantasias e não alguém que tinham revisto recentemente, tornaram a ser uma das atrações da casa, grande orgulho de Leandro Pai, principalmente quando podia contá-las a visitas que não as haviam escutado. Dedá reparou que essas histórias, que ela conhecia tão bem, surgiam agora mais recheadas de detalhes, mais intrincadas e aventurescas do que nunca. Havia mesmo, agora, algumas inéditas, até para ela, que escutara as histórias sobre o Tio Quim toda a sua vida.

Quim nunca mais escreveu, nem souberam dele. Pelo menos, não diretamente...

Os jornais, certa época, noticiaram alguma coisa sobre uma certa mulher de Creta, com fama de bruxa entre o pessoal da ilha, que evitava falar nela para gente de fora.

Nada se sabia sobre seu passado. Ela jamais permitira ser fotografada, nem filmada. Mas sua fortuna fabulosa atraía curiosidades do mundo inteiro. Além disso, diziam que era lindíssima, talvez a mulher mais linda do planeta — mas isso poderia ser exagero da mídia (assim especulavam alguns, já que ela não aparecia em público e ninguém, fora pessoas de sua confiança, a vira de perto). Já a matéria que Dedá viu na tevê, era sobre o iate dela, "o maior do Mediterrâneo", e contava que a tal mulher estava em cruzeiro de lua de mel perpétua com seu "namorado", que também não se mostrava publicamente e sobre o qual havia algumas especulações. Alguns diziam que era um personagem cuja identidade jamais fora revelada ao mundo, mas famoso por saquear sepulturas antigas e tesouros perdidos, figura procurada por serviços secretos internacionais, devido a suspeitas de crimes contra patrimônios históricos e arqueológicos de muitos países. Jamais fora preso, nem sequer identificado, e nenhuma das acusações fora provada. Outros diziam que era uma espécie de *mago*, ou pelo menos alguém envolvido em artes sobrenaturais, e que justamente por conta de suas atividades não desejava ser conhecido pelo público. Havia também uma revista que bradava que o tal personagem misterioso era um ator de cinema que resolvera se aposentar, recentemente, e atraíra a curiosidade geral ao desaparecer sem pistas, mas tudo se resumia a ter decidido aproveitar mais a vida, depois que ele e a tal miliardária se conheceram, numa excursão de balão pela Capadócia, e se apaixonaram um pelo outro. Saiu até mesmo uma nota provocativa, numa revista, dizendo que o tal personagem era todas essas coisas, já tivera várias *identidades*, e haveria muito mais a se descobrir ainda sobre ele, se a magnata do Mediterrâneo e ele próprio não protegessem sua privacidade com recursos que às vezes até pareciam "mágica".

O caso é que, fora os boatos, nada se sabia sobre os dois estranhos personagens.

Quanto ao baú, se Dedá pensou que estava livre dele, enganou-se...

Tobias e Estela logo anunciaram que iam se casar. Dedá foi convidada para ser a madrinha da tia.

O casamento se realizou, num clube, numa reunião de amigos do casal. Na entrada da noiva, era Dedá dissolvendo a maquiagem de tanto chorar (e, a cada suspiro escandaloso, era alvo dos olhares ciumentos, tipo "*tá querendo roubar a minha cena, menina*?", de Estela), e, na plateia, Teresa dava espetáculo semelhante, agarrada ao marido, que disfarçava uma ou outra lágrima que rolava de repente, mais de orgulho por ver sua filhota tão linda, de madrinha, junto da noiva.

A viagem de lua de mel durou duas semanas. Na volta, o apartamento de Tobias, onde o casal iria morar, havia sido assaltado. Um assalto estranho. Nem sequer arrombaram a porta — a fechadura foi simplesmente desarmada por fora, e depois remontada, e a porta foi fechada para nada ser notado. Os ladrões, fossem quem fossem, não levaram nada além... do baú e do *amuleto*. O amuleto, aliás, não fora guardado dentro do baú, mas numa caixa, deixada no interior de uma discreta gaveta na escrivaninha de Tobias.

— Não é esquisito? — comentou Estela, em voz hesitante e assustada, ao contar o caso para Dedá, que, por seu lado, tremia, com o telefone na mão. — Não pegaram mais nada, e nem sequer desarrumaram a casa. O baú, tudo bem. Estava ali na cara de todo mundo, na sala. Mas o amuleto, guardadinho...? E foram direto no lugar onde estava, como se... sei lá! E quem ia querer essas coisas?

— Sei lá...? Sei lá digo eu, que não esperava nunca mais

ter de encarar assombrações saídas desse baú... Minha nossa! Vai ver o Tio Quim e a tal bruxa...

— Hem? Que história é essa?

— ...O que o seu marido diz? Ele é especialista em assuntos esquisitos, não é?

— Mais ou menos... E ele não diz nada.

— Como assim?

— Quando a gente chegou, e foi se dando conta do que tinha acontecido, ele arriou num sofá e pediu para eu não fazer perguntas... porque ele não ia saber o que responder. Nunca vi o Tobias tão pálido.

— Como você pôde notar um cara de pele tão clara, como o Tobias, ficar pálido?

— Pode acreditar. Pensei que ele ia ter um troço. Ele ficou... de meter medo!

— De meter medo? Não brinca!... Droga, pra que serve um sujeito com superpoderes se na hora que a gente quer que ele entre no *meio* da encrenca, na hora do quero ver, fica *de fora*.

As duas ficaram em silêncio um instante, então Dedá, querendo mudar de assunto — era uma maneira de dizer a Estela que não queria mais saber de nada sobre o tal baú — disse:

— A gente também tem uma novidade... Nasceu o filho do Leandro e da Tina. O nome dele é Antonio.

VINTE E DOIS

A CENA FINAL FOI MAIS OU MENOS O SEGUINTE...

O pai de Dedá estava na sala, tentando ler seu jornal.

Tentando.

Porque de repente chegou Teresa e despejou o Toinho no colo dele, dizendo:

— Segura seu neto enquanto vou fazer o almoço.

Claro que Dedá percebeu que ela fez de propósito, para pegar o marido no susto e fugir da sala antes que ele desengasgasse. E, quando desengasgou, o neném estava olhando para ele.

Os dois ficaram parados, um olhando para o outro, e Toinho ensaiou uma cara de choro. Então, Leandro, lentamente, talvez sem sentir, esticou o indicador e cutucou o queixinho do neném.

Toinho sorriu.

Daí não teve mais jeito.

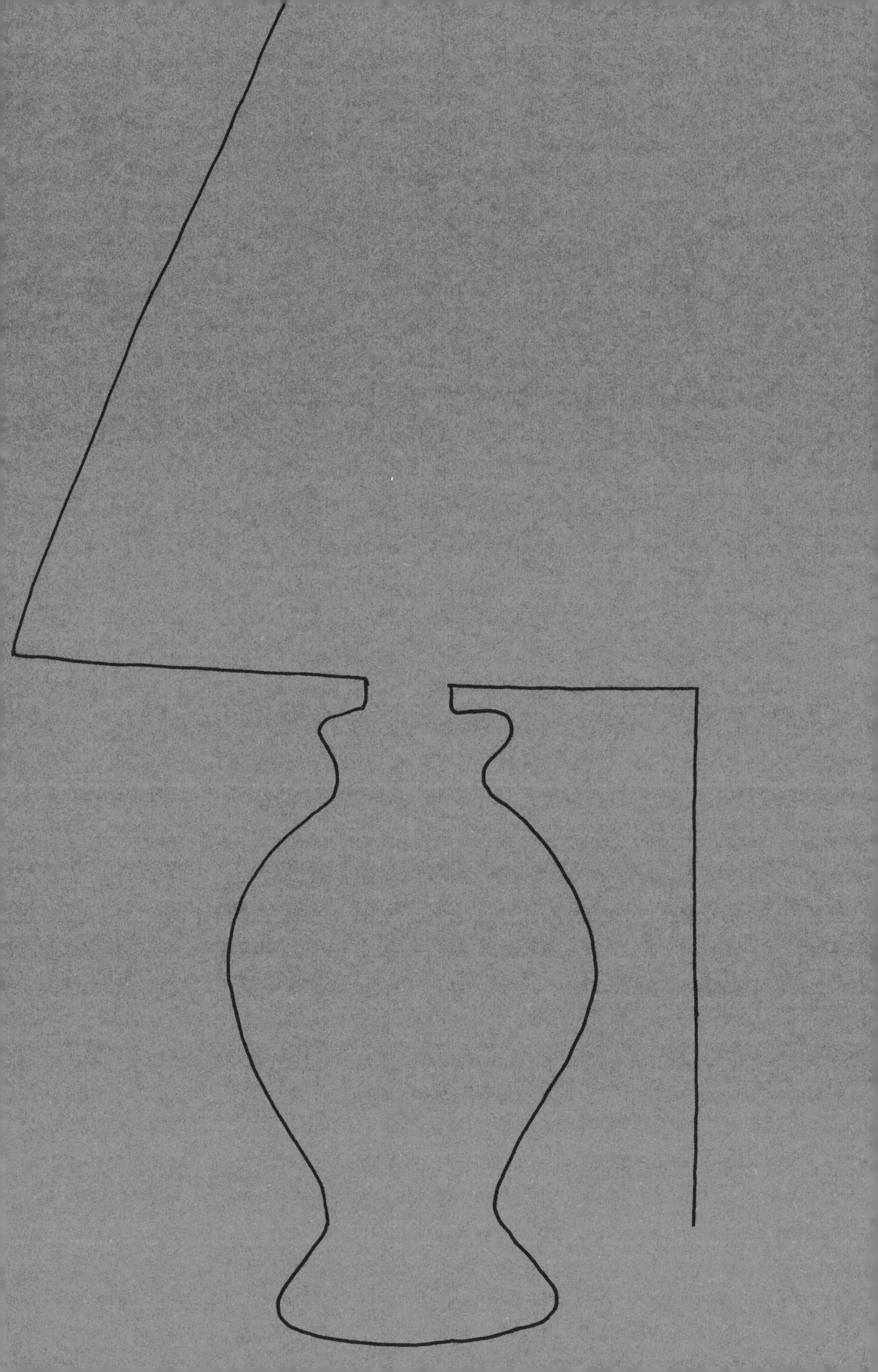

Dedá teve a certeza de que, assim como ela havia "escolhido Leandro", seu irmão, anos atrás, Antonio acabara de escolher o avô: era o seu ser humano favorito no mundo, insubstituível e para sempre.

Logo Teresa entrava de novo na sala anunciando que Leandro Filho "e a esposa" haviam deixado o Antonio, enquanto visitavam um amigo, no prédio.

— Mas voltam, e almoçam com a gente, escutou, Leandro?

Havia uma expressão de deslumbramento absoluto no rosto do pai de Dedá (que nunca mais se queixara da antiga inimiga, sua azia, que parecia que havia sumido... por mágica), e foi o que fez a garota se decidir de vez. Estava vai ou não vai havia tanto tempo que quase se resignara a achar como alternativa aceitável a inércia.

A garota deixou avô e neto a sós na sala (nenhum dos dois deu pela saída dela) e foi se arrumar. Prometeu a si mesma que depois do almoço, finalmente, se poria à caça do feiticeiro que não saía do seu pensamento:

"Se prepara, Theo... hoje, eu pego você."

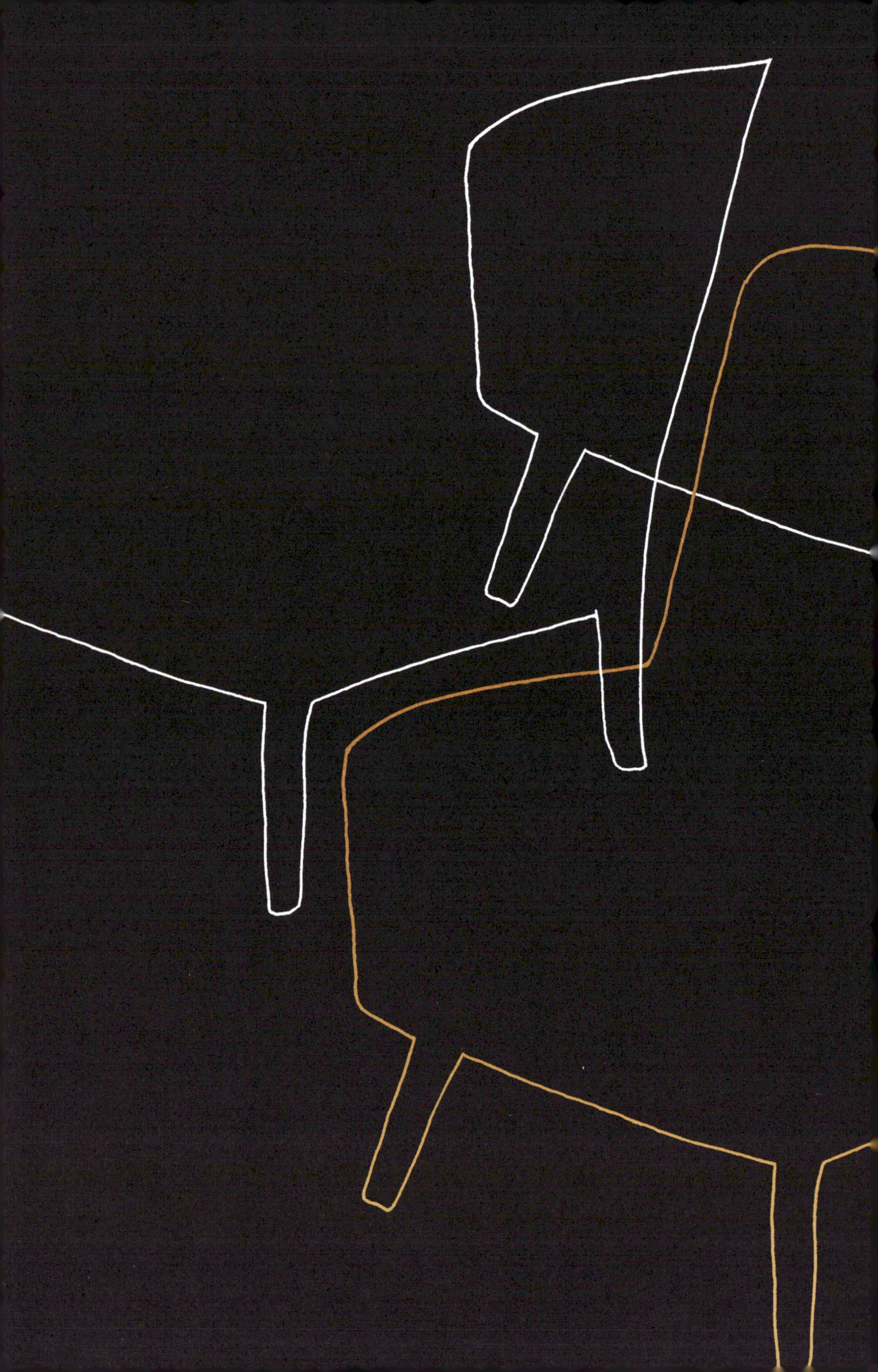

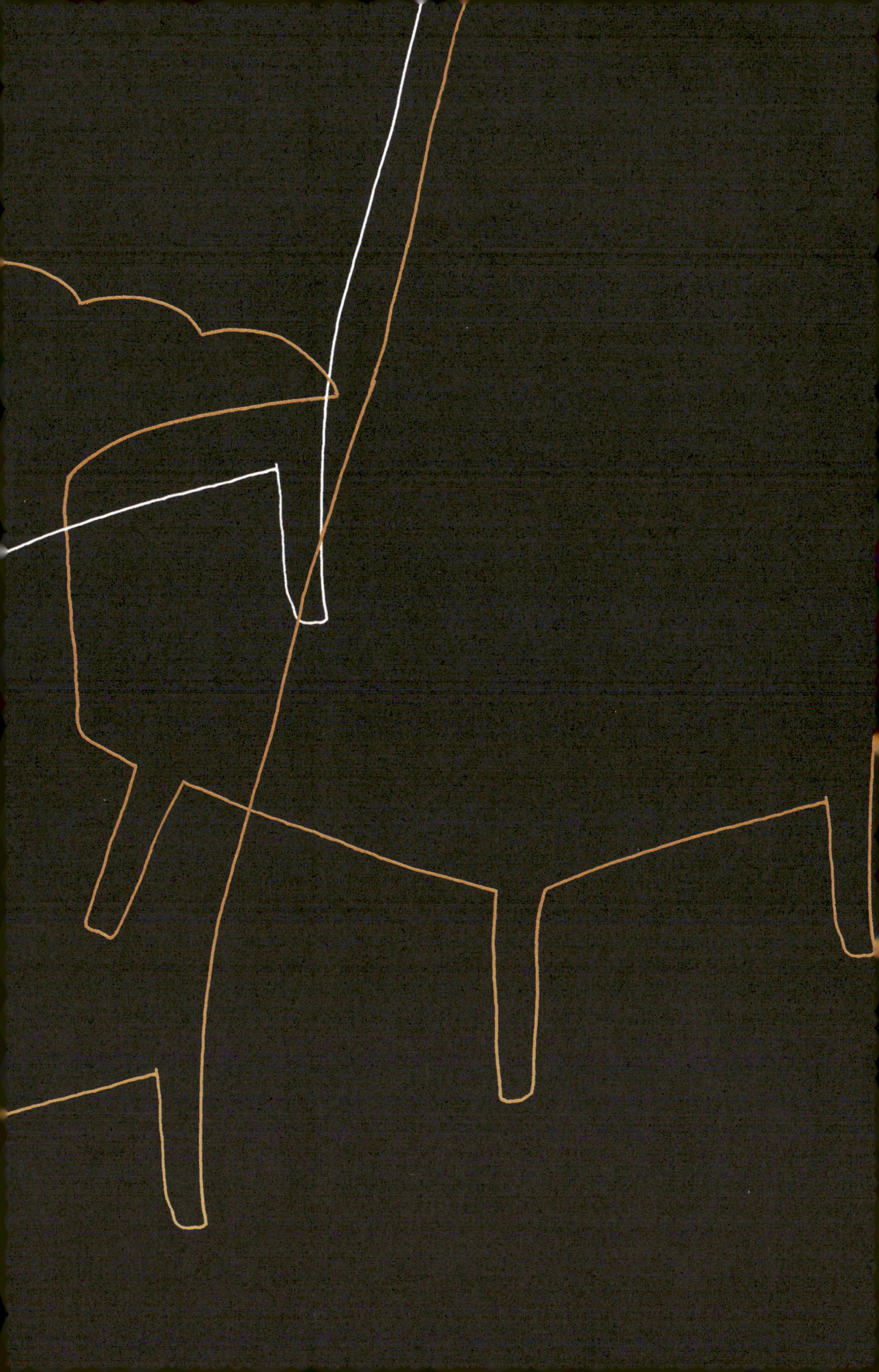

LUIZ
ANTONIO AGUIAR

Quando eu era criança, me perguntavam o que eu queria ser quando crescesse, e eu respondia: "pirata".

Os muitos mundos das aventuras sempre tiveram sobre mim um efeito tipo *abra-te sésamo*. Tipo *era uma vez*. Era começar a ler uma história e eu entrava nela, como se fosse uma caverna mágica, cujo segredo para abrir eu descobrira. Tudo o mais em volta sumia.

Bom, pirata eu não fui. Mas, nas histórias que um dia passei a escrever, vivi muitas e muitas aventuras. E o que eu mais quero é que elas possam levar meus leitores a viverem mil e uma histórias, em mil e um mundos diferentes.

Meu site é o *www.luizantonioaguiar.com.br*.